GRAND SEIGNEUR

DU MÊME AUTEUR :

La Voyeuse interdite, Gallimard, 1991 ; Folio, 1993. Prix du Livre Inter.
Poing mort, Gallimard, 1992 ; Folio, 1994.
Le Bal des murènes, Fayard, 1996 ; J'ai lu, 2009.
L'Âge blessé, Fayard, 1998 ; J'ai lu, 2010.
Le Jour du séisme, Stock, 1999 ; Le Livre de Poche, 2001.
Garçon manqué, Stock, 2000 ; Le Livre de Poche, 2002.
La Vie heureuse, Stock, 2002 ; Le Livre de Poche, 2004.
Poupée Bella, Stock, 2004 ; Le Livre de Poche, 2005.
Mes mauvaises pensées, Stock, 2005 ; Folio, 2007. Prix Renaudot.
Avant les hommes, Stock, 2007 ; Folio, 2009.
Appelez-moi par mon prénom, Stock, 2008 ; Folio, 2010.
Nos baisers sont des adieux, Stock, 2010 ; J'ai lu, 2012.
Sauvage, Stock, 2011 ; J'ai lu, 2013.
Standard, Flammarion, 2014 ; J'ai lu, 2015.
Beaux rivages, Lattès, 2016 ; Le Livre de Poche, 2017.
Tous les hommes désirent naturellement savoir, Lattès, 2018 ; Le Livre de Poche, 2020.
Otages, Lattès, 2020 ; Le Livre de Poche, 2021. Prix Anaïs Nin.
Satisfaction, Lattès, 2022.

www.editions-jclattes.fr

Nina Bouraoui

GRAND SEIGNEUR

JC Lattès

Maquette de couverture : Le Petit Atelier.

ISBN : 978-2-7096-7005-0

Première édition janvier 2024.

À ma famille

Mon père est entré en soins palliatifs à la maison médicale Jeanne-Garnier le 28 mai 2022.

Je sais que garder une peine pour soi, ne pas l'exprimer fait courir le risque qu'elle ressurgisse des années après, déroutante car inattendue. La peine a une mémoire et déjà je dois me délester de ces souvenirs en livrant les images que je possède de mon père chez lui et à présent dans cette chambre 119 qui donne sur un jardin. J'aime croire à l'effet apaisant du parfum des fleurs et à celui du chant des oiseaux sur la douleur qui sangle sa chair, ses os, j'aime penser que son âme s'enfuira par la fenêtre, rendue au lit de la nature avant de se hisser vers un univers sphérique et vaporeux.

Quand mon père me demande combien de temps il devra rester ici, je lui promets qu'il partira dès ses forces retrouvées. Je le trompe et je me trompe. Sa chambre devient la chambre de mon enfance avec ses illusions, ses fantaisies.

J'ai lu qu'un cancer sur cent mille pouvait disparaître, s'auto-soigner, que de rares patients parviendraient à quitter Jeanne-Garnier, à reprendre leur vie là où ils l'avaient laissée ; en vérité, la durée médiane des soins palliatifs oscille entre dix et quatorze jours, il suffit d'observer, devant le bâtiment, les ambulances depuis la ville et vers la morgue pour saisir le jeu des chaises musicales.

J'ignore si, l'effet des drogues passé, mon père sait qu'il va mourir. Quand l'idée de sa disparition me quitte, je me transporte au temps d'avant, sans la maladie, un temps qui paraît ne pas avoir été occupé depuis des années. La fin de vie est une aventure à part entière, elle possède ses rites, ses habitudes, sa géographie et ses personnages, elle fige les aventures passées après les avoir remisées dans une chambre secrète dont on a égaré la clé, deux mondes se mélangent, celui des couchés, celui des debout, aucun langage n'est assez juste pour que ces deux mondes s'entendent et se répondent. Je sais la colère du premier, la perdition du second.

Je me représente le cancer mi-animal mi-végétal avec des pousses, des ramifications, des ventouses, des crocs, des tentacules. Il s'abreuve au sang de mon père, festoie avec la chair qui lui reste, le cancer a pris le pouvoir, il s'amuse, il détruit, il nous méprise, nous, ses spectateurs hagards et sonnés par sa fureur.

J'imagine trois périodes qui forment trois mouvements d'une chute dans le vide : mon père est au sommet d'un building (malade), il est en vol (en soins palliatifs), au sol (lorsqu'il s'éteindra). « Mon père va mourir » est une phrase violente et double, dite elle choque puis conjure le sort un instant et me fait croire aux vertus du langage, à sa dimension vaudoue et aux énigmes qu'il revêt.

La maladie a changé son visage ou en a importé un autre d'une époque révolue, jamais mon père n'aura autant occupé son statut d'étranger et celui d'étrangeté : sa silhouette, ses muscles ont muté vers une nature inconnue. Je découvre dans sa dépendance le nourrisson qu'il a été, par une sorte de morcellement du temps, les derniers jours se raccordent aux premiers. Je ne possède aucune photographie de lui petit, ce défaut d'archive fait croire qu'il serait parvenu à son adolescence sans transition. Mon père a longtemps entretenu une légende, il aurait eu les cheveux blonds et les yeux bleus, les couleurs auraient foncé à sa maturité, j'essaye de retrouver sur sa peau devenue aussi fine que du papier les réminiscences d'une pâleur enfantine, évanouie, mon regard est indécent, il cherche une existence antérieure au péril. Je suis si immature et si désireuse de quitter le rôle que le destin m'attribue, devenue le témoin de mon père comme l'on pourrait le dire d'un mariage – le témoin de ses noces funèbres.

Je lui ressemble, nous partageons nos traits, nos caractères, un fluide dans nos mains transmis par un ancêtre marabout qui exerçait son don à Sousse. À force de l'observer une image spectrale surgit de la sienne : je reconnais dans les traits de son visage les traits de mon visage qui aurait vieilli, se serait cassé.

Le mois qui précède Jeanne-Garnier, je rejoins mon père chez lui trois à quatre fois par semaine, il s'en étonne, enroulé dans une couverture il me confie qu'*Ils* l'ont empoisonné, *Ils* concerne peut-être les membres de la société qu'il a fréquentée au cours de ses fonctions, société à laquelle je n'ai pas eu accès sinon par bribes trop codées pour comprendre ce qu'elles insinuaient, assez claires pour alimenter mes fantasmes d'agent secret qu'il n'a sans doute pas été. Je lui attribue le grade de héros aussi présent qu'absent pendant mon enfance à l'instar des jours qui commencent ici et qu'il traverse en demi-veille. Mon père va quitter la terre après avoir quitté la ville, malade, mourant, expulsé des rues, des avenues, des boulevards, de la foule. L'été peut renaître, la lumière éclater, les jours rallonger, les amoureux s'embrasser, mon père n'est plus de la fête, assigné à la maison médicale, privé des instants joyeux et de la course des hommes et des femmes du dehors. La vraie solitude se déploie à l'endroit du corps de mon géniteur – j'emploie pour la première fois ce mot, la vie la mort s'étreignant, à l'endroit de son squelette qui apparaît avant que l'on ajuste le drap pour le cacher.

Les visites débutent à 14 heures, mon père est au premier étage, dit du Sacré-Cœur, je ne prends pas l'ascenseur mais l'escalier, chaque marche est une pensée, je n'ai pas honte d'avouer que ma colère est aussi grande que ma tristesse, que mon courage est traversé de lâcheté, que ma reconnaissance pour les médecins est griffée par mon injuste haine, que ma patience se transforme en impatience en un claquement de doigts, que je suis dépendante du lieu et que je m'y rends avec frénésie parce qu'il « contient » mes gestes, le son de ma voix, une partie de moi dissociée de mon père, partie sombre où s'écharpent mes démons : ici, j'apprends à accepter l'idée de ma propre mort.

L'étage est en rond, je me trompe de sens pour accéder à sa chambre : soit ma mémoire rejette le souvenir de la disposition labyrinthique, soit je m'impose un tour de garde, longeant les portes derrière lesquelles repose un inconnu, malade ou moribond comme si je devais aussi mettre à l'épreuve mon imagination.

Chaque chambre est dotée d'un hublot transparent qu'un volet coulissant recouvre si un soin est administré, une veilleuse verte indique la fin de la toilette ou de la médication. Avant d'entrer, si j'y suis autorisée, je regarde par le hublot si l'un des membres de ma famille – ma mère, ma sœur ou ses enfants – est présent. L'image derrière le verre-loupe, grossie et déformée, rappelle les images sous-marines à travers le masque de plongée.

Nous vivons nos heures, nos après-midi selon un calendrier intime, nous séparant en début de soirée, nous nous retrouvons le lendemain sans émettre la possibilité de la mort de mon père dans la nuit. Ce qui n'est pas exprimé subsiste en périphérie de la vie immédiate dans une marge invisible que nul d'entre nous ne souhaite exhumer.

Un fauteuil et deux chaises sont disposés contre les murs, nous les déplaçons, faisant nôtre l'espace dont nous avons rompu la symétrie pour être près du dormeur qui, lorsqu'il se réveille, est autant surpris par notre présence que par la sienne dans cet établissement qu'il désire quitter, l'accusant d'aggraver son mal. Mon père se méfie du calme et de la douceur qui tranchent avec le bruit et la brutalité dont il a fait l'expérience à l'hôpital, il s'inquiète du coût de son *séjour* dans ce qu'il rebaptise « l'hôtel » ou « l'appartement » quand il ne sait plus où il se trouve.

Une baie vitrée s'ouvre sur les chênes et les saules pleureurs, la lumière du jour effleure à peine le cadre de la chambre, assez pour éclairer la scène et graver dans nos esprits les images du corps de mon père qui fond, se dissout, se désagrège. Un plateau-repas est posé sur une tablette amovible, il est composé d'aliments mous, roulés, de trente-cinq centilitres de merlot, d'une compote de pomme ou d'abricot, d'une eau minérale, dans la salle de bains je reconnais sa robe de chambre en velours, ses chaussons en cuir, le flacon de son parfum. Par une division magique de ma conscience – fantasme et réalité –, je suis certaine que l'homme qui est couché dans le lit n'est pas mon père et que ce dernier viendra bientôt reprendre ses affaires égarées.

Nous l'aidons, les premiers jours, quand il peut encore se lever, à marcher ; penché au-dessus du lavabo il se dégage de l'emprise de mes mains sur sa taille, me reproche de l'étouffer, chacun de mes gestes me paraît inutile. Le cancer dans son œuvre déplace la ligne qui sépare l'amour, la compassion de la pitié, il abuse de son « logeur », l'induit en erreur, le fait douter des siens, ses poissons pilotes pourtant.

Je m'oblige à quitter le lieu à 19 heures, rejoindre la foule m'indispose, je me sens différente des hommes et des femmes qui la composent, étourdie, désorientée avant de retrouver mon chemin vers mon quartier que je rejoins à pied. Jeanne-Garnier est située au 106, avenue Émile-Zola dans le quinzième arrondissement. À gauche de sa sortie principale, à quelques rues, se trouve le petit immeuble moderne aux balcons à croisillons du 118, rue Saint-Charles, ma première adresse à Paris quand, l'été de mes quatorze ans, je quittai Alger dans la précipitation. Je garde un mythe, celui que la capitale de mon enfance me tient, comme une femme, dans ses bras, baise mon front avant la nuit, me protège à des milliers de kilomètres. Mon père se mourant près de l'appartement du déracinement puis de la renaissance provoque un sentiment de double arrachement : les branches et les fleurs de mon arbre généalogique algérien vont tomber.

Je marche vers la Seine, elle marque la césure entre les deux rives et demeure mon indice le plus sûr pour retrouver mon chemin, longeant une palissade qui dissimule des travaux. Obligée d'avancer sur la chaussée, je sens le souffle des voitures qui me frôlent et qui pourraient me percuter – lubie masochiste qu'un malheur en engendre un autre. À l'angle de la rue du Commerce je reconnais plus qu'une ville, je reconnais ses battements, sa couleur, sa vibration, plus je m'éloigne de Jeanne-Garnier plus ses images se dissipent, des vignettes surviennent en flash, mon « premier » père se montre :

à la sortie de l'école, appuyé contre sa voiture, en trench beige, il fume une Peter Stuyvesant,

GRAND SEIGNEUR

il saute d'un haut rocher, son corps est arc-bouté puis vertical,

je reçois un matin de septembre une carte postale « l'île de Pâques te plairait, les dieux se sont transformés en statues de pierre »,

ses bras sont chargés de houx, de mimosas,

sur ses épaules dans les ruines romaines et maritimes, il me dit : « préviens-nous si un vaisseau pirate approche le rivage »,

son blouson en daim, sa chemise blanche, ses boots,

Ronsard et Apollinaire dans sa voix,

le nuage de parfum derrière les oreilles, sur le torse, les aisselles, à l'entrejambe,

les feuilles de papier noircies, le cendrier, le briquet, les cigarettes, les stylos autour de lui, assis en tailleur sur un tapis.

Il est l'homme fakir qui écrit.

Toutes mes pensées vont vers lui, leur fréquence est celle des pensées invasives d'une défaite ou d'une victoire amoureuse, il m'est impossible de brider mon esprit, de l'arracher à sa tâche qui consiste à faire une répétition de l'événement, à le divulguer. Je téléphone en marchant à A et à l'Amie, passant du cercle familial au cercle amoureux, amical, sororal, territoire où je me sens comprise, entendue, en sécurité. Je « reverse » la chronologie de mon après-midi, les faits, les actes, l'avancée ou la stagnation de la maladie ainsi que mes étonnements. La chambre de mon père est le lieu d'une dramaturgie, chacun d'entre nous se dispute une place, un geste, un mot, obsédé par le désir d'être aimé de celui qui se tient au seuil des ténèbres.

A et l'Amie désirent m'accompagner à Jeanne-Garnier, je les préfère vierges d'Ici, qu'elles reçoivent le récit de l'agonie sans y être physiquement confrontées fait que cette agonie entendue, rapportée devient un roman c'est-à-dire une histoire qui n'existe pas.

Je répare le corps de mon père par mon corps, je marche des kilomètres, exercice qu'il pratiquait. Le surprenant il n'y a pas si longtemps dans la rue, en train de slalomer entre les voitures, aidé d'une canne, j'avais cru à un rebond, à un miracle. Mon père avait réchappé à un attentat, une prise d'otages, un séisme, il saurait laver son sang livré puis examiné au laboratoire de son quartier et dont les résultats étaient de plus en plus mauvais ; je les photographiais, de retour chez moi, je sondais les formules, les chiffres, les mots hématites, leucocytes, cellules épithéliales, mots qui semblaient avoir été extraits d'un glossaire de botanique.

Quai Anatole-France, les fantômes de ma jeunesse sont comme prisonniers de l'eau à l'endroit où se tenait la piscine Deligny avant de couler au début des années 90. Le décor et ses sujets d'alors réapparaissent, le solarium, la table de ping-pong, le sol en bois chaud, la masse des corps huilés dont le sommeil n'était pas celui qui précédait la mort, mais celui qui succédait à la jouissance. Deligny fut un éden, l'accès et sa fréquentation une initiation aux trois choses les plus importantes de la vie lorsque l'on a dix-neuf ans : la fête, la beauté, le désir.

Mes larmes surviennent sous la douche, un orage de sanglots me fait tressaillir et plier, je l'affronte nue, ma tête entre mes bras, sursaute comme si l'on m'administrait des décharges électriques, mes crises sont courtes et dues au fait de ne pas pleurer au moment où j'en éprouve le besoin, je frotte ma peau, mes cheveux, recommence pour me défaire du malheur que je crois composé d'atomes, d'épines, d'écorces et de poussière, j'inspecte mes seins, mon ventre, mes aisselles, pétrifiée à l'idée de découvrir une masse ou une tache anormale ; se greffe à la maladie de mon père ma maladie imaginaire. Je dois faire un effort pour réintégrer la vie hors de Jeanne-Garnier, je m'interdis tout relâchement, toute distraction, je reste aux aguets, mon téléphone près de moi, je redoute un appel qui me préviendrait du pire, appel qui n'existe pas mais dont je crois entendre le signal telle une prescience ; ma seule ignorance porte sur l'organisation des choses, je ne sais pas qui me préviendra.

L'Amie face à moi me laisse lui redonner les détails les plus effrayants, les plus étranges, regrettant son silence après la mort de son père quand elle avait vingt-deux ans, silence qui aura grandi comme une ronce avant qu'elle ne l'arrache avec le temps. M'ayant précédée, ma jumelle adoptive adorée sait mon chemin, elle sait les gouffres et les ravins, les espoirs et les déceptions, elle sait les bienfaits de la parole libre, sans tabou, je revis par procuration un pan de son histoire tout en redoutant de réactiver sous une forme inattendue une douleur en veille comme si le chagrin changeait de masque au fur et à mesure du temps, naviguant incognito pour ne pas en délivrer son porteur. La maladie, la mort bâtissent une communauté, celle des Inconsolables qui se reconnaissent, s'entraident, avancent main dans la main dans une obscurité étrangère à celui que le sort n'a pas frappé.

La maison médicale qui abrite mon père est le bâtiment le plus important de Paris, il supplante son appartement, son immeuble, sa rue, son quartier, elle est sa demeure, l'ultime, le point cardinal auquel je m'accroche aussi quand je n'y suis pas ; je « vois » mon père, je sais sa nouvelle gestuelle, un bras qu'il tend vers le plafond, sa main droite sur son visage comme s'il cherchait à vérifier qu'il est encore incarné, son thorax qui se soulève. Je « vois » les meubles, ses objets, « j'entends » le bruit de la solution désinfectante fixée au mur quand on l'actionne, un clic qui le réveille en sursaut et le prévient de notre présence, des petits riens forment une histoire, je crois le temps et l'espace enrobés dans une toile de coton, même la lumière a changé de vitesse.

Je ne dors pas, je ne trouve pas le sommeil, le repousse quand il se présente : si je reste éveillée, mon père ne mourra pas. A, mon amour, m'a offert un livre sur le corps humain dont les dessins rappellent ceux des planches anatomiques destinées à l'étude de la médecine. Le livre est rectangulaire, de grand format, en carton rigide, un écorché et un squelette illustrent la couverture. Les dessins intérieurs figurent en trois dimensions comme ceux des anciens volumes de contes pour enfant où surgissent d'entre les pages un château, une forêt, une ferme, un enclos. Le corps est représenté par fragments, il suffit d'en soulever la face supérieure pour accéder au tréfonds des chairs, les sous-couches sont multiples, celles des reins incluent ce canal inconnu, l'uretère que j'avais confondu avec l'urètre à l'annonce du cancer de mon père. Le livre se tient près de mon lit, dans un autel protecteur, entre une œuvre de Baya, un croquis de Nigel Peake donné par l'Amie et ma peinture « Tête d'Indien » qui a traversé les âges, les continents, et qui ressemble de plus en plus au visage de mon père à la cinquantaine comme si une main mystérieuse avait remodelé l'ovale du menton, l'arête du nez, l'ouverture des yeux.

La porte de Jeanne-Garnier franchie, le contrôle auprès de la standardiste passé, j'ai peur de découvrir la chambre vide ou interdite, j'imagine mon père transféré vers un autre service, en réanimation ou recouvert d'un linceul avant d'être maquillé, coiffé, vêtu. Nous ne rendons pas seulement visite à mon père, nous ne lui tenons pas seulement compagnie, nous avons rendez-vous avec sa mort. Un jour la médecin-cheffe me prévient de sa chute dans la nuit, mon père a voulu s'enfuir, il s'est blessé au bras en tombant, il est resté au sol vingt minutes avant le passage de l'interne de garde. La chute de mon père devient plus importante que l'agonie, sa blessure (infime) plus douloureuse à mes yeux que les assauts que mène sa maladie, les vingt minutes plus longues que l'année qu'il vient de passer à renfort d'examens, d'interventions, de fausses pistes avant le couperet final de la palliation, ma peur de le retrouver plus grande comme si sa chute renvoyait à une solitude supérieure à celle qui le sépare de moi, de nous. Sa tentative d'évasion dit quelque chose, mon père nous en veut, se révolte, nous accuse de le tenir prisonnier du pavillon des incurables ; soit il a trouvé la force de quitter son lit, soit il est passé sous la barre de protection, je remarque souvent ses deux jambes glissées entre les barreaux, prêtes à entraîner le haut de son corps vers l'extérieur. Il se plaint d'être resté quatre heures à terre avant d'être secouru, ce qui est faux, je ne le contredis pas, chaque minute est éternelle depuis ici.

Jeanne-Garnier est un lieu particulier, les places y sont rares, convoitées, un établissement similaire existe à Paris, dans le seizième arrondissement je crois. Nous avons de la chance, me dit-on à l'évocation de ce que nous traversons, Jeanne-Garnier est le « meilleur » endroit pour mourir, j'en ai conscience, mon père lui ne comprend pas vraiment sa chance d'être ici, je partage parfois son avis puisqu'il n'est pas chanceux de se sentir partir, s'effacer, et il n'est pas chanceux d'assister à ce départ, à cet effacement, mais oui c'est une chance que la douleur soit contenue, atténuée, surveillée, plus qu'à l'hôpital, moins qu'il ne le faudrait, le visage de mon père est crispé en continu, quand il s'exprime son discours est flou, empêché. Un jour, arrivée la première dans sa chambre, notre dialogue est le suivant : « Va rejoindre tes deux sœurs qui t'attendent », « C'est moi, papa, et je n'ai qu'une sœur, Djamila », « Mais qui es-tu toi ? » C'est vrai, mon père a raison, qui je suis, moi ?

Le Sacré-Cœur est le niveau des condamnés, je l'ai tout de suite compris, intégré, les chambres y sont peu nombreuses, certains patients sont en cours de traitement aux étages élevés, ils seront peut-être sauvés ou dégradés d'un niveau, plus on se rapproche de la terre, plus la mort vous tend les bras. Ici on masse le corps, crème la peau, rase le visage de mon père, on le prépare à l'indicible qui n'est pas la mort organique, mais la disparition d'un être, de sa voix, de son odeur, de sa démarche, de ses désirs, de son allure, de son intelligence que ni moi ni aucun membre de ma famille ne pouvons nous représenter ou accepter ; les gestes sont d'une grande douceur, d'une grande tendresse, pour les malades comme pour ceux qui les accompagnent. Dans les couloirs, je croise des hommes, des femmes en charge des familles. Quand l'on me demande si je désire parler je refuse mais accepte la main sur mon épaule, le contact intime avec des inconnus ne m'offusque pas dans cet espace qui est un îlot d'humanité, unique dans sa forme ; nous sommes, avec mon père, assignés à l'instant, à la minute, à la seconde, pendus à son souffle, le présent avant si vivant est devenu tombeau, la vie s'interrompt dès que l'on ne peut plus s'inscrire dans l'avenir et cet avenir est clos : aucune image heureuse ni prophétique n'en émane.

Le jardin de la maison médicale est construit en paliers, sur le portail d'un enclos, un potager ou une roseraie, une plaque indique « Fondation Bettencourt », on a disposé des chaises, des bancs, sous les arbres, le personnel y prend un café, mange un sandwich, pousse un lit roulant, il arrive que l'on sorte les malades et les expose au soleil, allongés sous le ciel, emmaillotés dans leurs draps, le bras relié par des tuyaux à une bonbonne transparente, je pense à des momies avant de rejoindre leur sarcophage.

Au fond du jardin une petite porte donne sur la rue, si elle est ouverte, je décide de l'emprunter tous les jours, je suis certaine qu'un lieu se transforme selon l'entrée que l'on choisit pour y accéder, comme je suis certaine que l'entrée en question agit sur les esprits ; si je prends l'entrée principale, je sais à quoi m'en tenir, quel que soit le sens de mon parcours, je me retrouve chambre 119. Pour la même raison, par la petite porte, Jeanne-Garnier ne sera plus un mouroir, mais une pension, une maison de repos, un espace intermédiaire semblable aux halls d'attente des aéroports, un endroit que l'on quitte vivant, mais je m'aperçois qu'elle est fermée à double tour.

Dans la rue j'entends les mots du père de mon enfance :

Loulou Beille

Mon amour adoré

Brio

First class

Papa est là et la saleté s'en va

Le printemps sans amour n'est pas le printemps

et l'éclat de son rire que je reconnais maintenant dans le mien comme s'il fallait commencer à voler des choses qui lui appartiennent, comme s'il fallait les intégrer à soi, les absorber avant de les oublier. Les morts ou presque morts vivent dans les vivants et meurent une seconde fois quand les vivants, s'ils sont sans descendance, viennent à mourir à leur tour.

Je ferme les yeux, dans ma chambre, dans mon lit, sur mes draps et non dessous, un perpétuel tableau s'offre à moi, il est rassurant et angoissant, j'ignore ce qu'il annonce, il me ramène au temps enfoui, mon père à l'agonie fait de moi l'archéologue d'un passé que je m'interdis de visiter depuis peu. Je ne veux plus écrire sur mes années algériennes, les romans qui les racontent sont des contes, des fictions, des légendes, je ne veux plus trafiquer, poétiser mon enfance, mon père malade me ramène à elle pour ramasser une pierre précieuse, trouver un trésor, récolter une information qui manquait à mon histoire. La mort d'un père désordonne le passé de son enfant, peu importe l'âge, une passation de pouvoir s'opère, de l'un à l'autre, de lui à moi qu'il a éduquée comme un garçon ; en agonisant mon père kidnappe « celui » que j'ai été non pour m'en délier, mais pour m'obliger à ma féminité.

GRAND SEIGNEUR

Le tableau est celui d'un champ de marguerites sauvages, géantes, si serrées qu'elles repoussent la lumière du soleil. En le regardant de haut, on pourrait le confondre avec une étendue calcinée ; au début je n'apparais pas, seule la végétation compte, puis les couleurs se détachent les unes des autres, les tiges sont vertes et velues, les pétales larges, blancs, les fleurs portent des têtes, des visages, qui se tournent vers la droite, vers la gauche, à leur pied les racines font penser à des veines, enflées, sorties de terre, gorgées d'eau ; je suis propulsée au centre du champ, les marguerites sont plus grandes que moi, je les écarte avec les mains pour avancer, elles sont souples, élastiques, plient et se redressent, j'ignore l'âge que j'ai, mais je sais que je suis petite, je marche avec prudence, j'ai peur de m'enfoncer dans la terre, les jambes griffées par les tiges ; au centre du champ, il y a un espace sans fleur, rond, recouvert de mousse jaune, un monticule qui rappelle le cœur de la marguerite, je connais ce champ, je l'ai déjà traversé mais je ne me souviens plus dans quel pays ; assise je regarde autour de moi, les marguerites se resserrent encore, prise à leur piège je sais que je ne parviendrai pas à m'en extraire, je suis paisible, prête à me faire dévorer par ce que je nomme « l'armée des fleurs ». Ce tableau n'est ni un rêve ni un songe, il vient quand je suis éveillée et illustre peut-être la résignation.

Quand mon père est entré à Jeanne-Garnier, un samedi en fin de matinée, je suis partie rejoindre A pour vingt-quatre heures. Je partage mon temps entre Paris et Aix où vit A, temps pendulaire calqué sur les mouvements du train qui me transporte du nord vers le sud et du sud vers le nord. À chacun de mes retours A me découvre traversée de ces jours sans elle et je la découvre traversée de ses jours sans moi. L'absence, brève, réactive notre imagination, il ne s'agit pas de nomadisme, mais d'une déclaration d'amour ; en sept ans, A et moi avons inventé l'éternel vertige du premier jour.

J'ai quitté Paris sans prévenir les membres de ma famille. Je ne les abandonnais pas. Je craignais que la mort de mon père ne me précipite dans un état que je ne connaissais pas, je voulais revoir A avant de gagner le statut d'orpheline. J'étais dans le train quand ils l'ont emmené en ambulance, quand il a protesté, s'est défendu, a menacé, quand ma mère m'a demandé de lui acheter un pyjama, quand il a fallu remplir les papiers d'admission, quand il a découvert sa chambre qui donne sur un jardin, quand il a retiré ses vêtements avant de se coucher dans son nouveau lit, quand le médecin a présenté les étapes du protocole, quand chacun a décliné son identité, sa profession, quand ma mère a dit « j'ai une autre fille, elle est écrivain ».

En lisant les messages de ma mère sur mon téléphone j'ai pensé que les écrivains avaient un temps de retard ou un temps d'avance, qu'ils n'étaient pas constitués pour occuper l'existence en temps réel, que ce léger différé était une façon de déclencher la mémoire avant le souvenir, le récit avant l'écriture.

Pendant mon voyage, je n'ai répondu à aucun des messages, je ne me sentais ni lâche ni libre mais revenue à ma vie d'avant, je rejoignais A constituée de mon père, non amputée, encore fille, enfant, progéniture. L'orpheline abîmerait peut-être l'amoureuse, je ne savais rien de moi après et je ne m'imaginais pas sans celui à qui je ressemblais à force de l'avoir imité, envieuse de sa virilité, mimant ses gestes, portant son eau de Cologne, écrivant sur son papier à lettres, volant ses briquets, ses cigares qu'il ne fumait pas, rallumant ses mégots de cigarette, épluchant les œufs durs à sa façon en les frottant entre mes mains jusqu'à ce que la coquille craquelle, me brûlant en cuisinant comme lui l'intérieur du bras, sautant du rocher le plus haut après l'envol de celui que l'on surnommait au lycée de Vannes, arrivé en bateau puis en train depuis la petite Kabylie avec, comme il aimait nous le rappeler, dans sa valise un costume, deux chemises, une seule paire de chaussures : l'Oiseau rare. Je ne savais rien des ravages du chagrin prochain, je ne savais rien de la mort d'un patriarche, de cet abîme qui menaçait.

Mon père est le chef de notre tribu, s'il venait à disparaître, je parie sur un éclatement de notre cellule et pressens un désastre, une folie, l'égarement de chacun et le repli déraisonnable dans une peine sans salut. Mon père porte l'identité de notre famille, nous sommes à lui ou nous transitons par lui, cherchant encore à le séduire pour qu'il nous admire. Ma sœur et moi sommes deux petites filles attardées, hantées par nos fantômes, craignant les sorcières et les démons, nous inventant un monde qui n'existe pas, nous sommes sans défense, naïves, crédules, fidèles à l'extrême en dépit des trahisons, des déceptions comme si l'amour que nous éprouvions pour les autres suivait la trame tissée à partir de l'image de notre père, l'Unique. Nous restons les cœurs d'un seul cœur, n'ayant que la douceur pour arme, une légère soumission pour défaut, mon père a ravi la force, la parole et l'autorité ; lui n'est pas à nous, ne le sera jamais, même s'il meurt, il n'appartient à personne, n'a jamais appartenu à personne, ni à son dieu qu'il interpelle autant qu'il le prie, ni à sa maladie qu'il refuse de nommer, non par honte du cancer mais par mépris, me confiant un soir, dans son appartement, que le mal dont il souffre s'attrape en allant dîner chez « des gens ». Ces trente dernières années, nous n'avons pas quitté sa tour d'ivoire alors qu'il ne travaillait plus, parce que nous avions du temps à rattraper et que dans cette tour nous nous sentions protégées, cadrées, encore éduquées, tenues non en laisse mais par un fil d'or. Je crois marcher dans ses pas quand j'écris, voyage, aime, quand lui n'aura pas marché dans les miens, toujours devant moi, ouvrant les portes, les sentiers, l'avenir ou disparaissant dans les nuages à bord d'un avion en direction d'un pays étranger. Le travail de mon père était comparable à une clôture électrique, il ne fallait pas la franchir, le déranger. Les grands destins se forgent dans le silence et la solitude. Notre admiration atténuait le manque, notre frustration, nous étions fières de l'apercevoir au journal de vingt heures, à la sortie d'un Boeing, au Fonds monétaire international, parmi les membres de l'Opep, du groupe des 24, en Asie, en Afrique, en Amérique. Mon père réparait ses absences en rentrant les bras chargés de cadeaux qu'il disposait en montagne sur la table ronde où nous prenions nos déjeuners, nos dîners, nous habitions un pays où tout manquait, il dévalisait le Monoprix pour nos vêtements et le Codec de l'aéroport d'Orly pour les produits alimentaires.

Il éprouvait un amour poétique pour sa nation. Dévoué, il défendait une éthique, un idéal, il était économiste, penseur, mathématicien, joueur, parieur, il ne faisait pas de politique, il aimait les honneurs pour la reconnaissance de son travail, de ses heures passées à écrire des discours, à constituer des dossiers, à monter des plans, à initier des décrets, des réformes, à mener la seconde révolution d'un pays qu'il croyait libre et qui ne l'était pas, à chercher, à trouver, il aimait sa terre, son continent comme il aurait pu aimer une femme, il lui était fidèle, restait méfiant, ne faisait confiance à personne, se savait surveillé, jugé car il avait épousé une Française, épié, sur écoute téléphonique. Honnête et droit, aimant sa famille qui l'attendait sans comprendre vers où il se dirigeait, il restait le père nourricier, généreux, attentif malgré la réputation de « courant d'air » que lui prêtait ma mère. Elle avait raison, il passait comme une bourrasque, avec le don d'être avec nous sans nous.

Il était encore loin de moi dans sa chambre chez lui, sur son lit quand il déclarait : « Tu peux me dire que tu m'aimes, mais sans trop t'approcher de moi s'il te plaît », je m'exécutais, ânonnant ma litanie (je t'aime papa, je t'aime) qui devait, je le comprends, lui si fatigué, si encombré par sa douleur, l'exaspérer, mais je croyais en la puissance des mots, en leur pouvoir guérisseur, purificateur, fédérateur. J'espérais que ma présence, nos conversations, mes déclarations apaisent sa colère, le maintiennent dans l'appartement, comme il le désirait, comme le lui avait promis ma mère malgré la menace de ne pas pouvoir administrer les soins dont il aurait besoin.

Je me sentais coupable de pouvoir me mouvoir, marcher dans la rue, passer d'un quartier à un autre, de sentir le feu du soleil sur ma peau, de déjeuner devant lui qui avait perdu l'appétit, vêtu de plusieurs pulls, il grelottait, deux tours de ceinture peinaient à serrer la taille de ses pantalons de velours, de flanelle. Mon père avait rejoint l'hiver tandis que le printemps courait vers l'été. J'appliquais un jour mes mains sur son crâne, il avait ressenti une onde chaude parcourir l'ensemble de son corps, il était resté sur sa chaise, près de moi, les mains croisées sur ses genoux, le visage baissé, il se sentait bien, ne souhaitait plus bouger, m'est venue ensuite l'image d'un petit chat fragile, celui peut-être que ma sœur aînée avait sauvé de la noyade puis ramené chez nous au milieu des années 70.

Le 28 mai, dans le train qui me conduisait vers A, j'avais le sentiment d'avoir abandonné une part de mon être à Paris, celle qui venait d'acheter deux pantalons à mon père en taille 34, un beige et un kaki, rue des Francs-Bourgeois, à cause de la beauté d'un vendeur. Sa jeunesse, sa vigueur se téléporteraient vers le corps de mon père, lui injecteraient un sang neuf, remuscleraient ses cuisses, ses mollets ; j'étais heureuse de mon achat, il était difficile de trouver une petite taille chez l'homme, je refusais de parcourir le rayon enfant, j'y voyais une forme d'humiliation, mon père restait un adulte à qui j'avais offert tant de vêtements, à Noël, aux anniversaires, vêtements qu'il portait quand je venais le voir. Il était coquet, ne négligeait aucun détail, de la couleur de ses chaussettes au col italien de ses chemises, de la couture de ses ourlets à la soie de ses cravates. Si reconnaissant d'habitude, il n'avait pas déplié mes présents, me reprochait de dépenser inutilement mon argent, cela ne servait à rien, il ne les porterait pas puisqu'il allait mourir bientôt. J'ignore si mon père me provoquait, s'il attendait que je le rassure, le contredise, ou s'il pressentait que ses jours étaient comptés.

Rue des Francs-Bourgeois, je me suis souvenue d'un magasin, boulevard Saint-Germain, je ne sais pas s'il existe encore. Dans le même quartier, Jess, emblème des années 80, a disparu. J'ai oublié son adresse exacte, pas son nom, « Dynamo », mon père m'avait acheté un pantalon à pinces, un tee-shirt blanc, un blazer, tenue fantasmée depuis que j'avais vu au cinéma *Paroles et musique*, copiée sur celle que portait Nick Mancuso, mari de Catherine Deneuve dans le film et écrivain en manque d'inspiration. L'écriture, au début, m'est apparue comme une pratique masculine, un lieu de force, de tension, de combat, lieu qui me fascinait et qui répondait à ma nature garçonne, instable, dérangeante pour certains. J'imaginais la féminité hors de ce lieu que je comparais au cratère d'un volcan en éruption, gagnée par la misogynie du pays dans lequel j'avais grandi et adversaire de ma féminité, elle n'était pas source de force, de puissance mais d'ennuis, de désagréments. Par sa faute « il pourrait m'arriver des bricoles », j'ignorais que la féminité est composée de virilité et la virilité de féminité, que la fragilité, la douceur, la grâce, la délicatesse n'ont pas de genre, que l'éducation, la société ont induit en erreur un bon nombre de filles, de garçons, les obligeant à un rôle qui ne leur convenait pas. Je ne transgressais rien, je n'étais pas différente, j'avais pris le droit, la liberté d'extérioriser ce qui me semblait être juste, vrai, en accord avec moi, satisfaisant, je n'en suis pas certaine, mes parents qui n'avaient pas de fils, qui m'élevaient en tant que tel, non par faiblesse, mais par respect pour moi et par provocation pour les autres, en avance sur leur temps. Leurs amis les plus conventionnels s'étonnaient de leur laxisme, les autres louaient leur largeur d'esprit. J'étais gênée d'être acceptée au nom de la tolérance, cette idée induisait que l'on avait fait un effort, un travail pour accepter l'enfant, l'individu que j'étais. Toute son existence, sans rien nommer mon père m'avait acceptée, perdre mon allié silencieux s'ajouterait à ma dévastation.

Dans le train vers A je me sentais flotter parmi les autres voyageurs, ils formaient des ombres, une ronde macabre. Je me suis demandé le pourquoi de l'agitation, des efforts, des alliances, des projets, la vie ressemblait à un manège, nul d'entre nous n'y survivrait, à quoi bon y monter. Je voulais plutôt en descendre, me retirer, passer mon temps près d'une rivière à regarder l'eau couler, entendre le frémissement des feuilles, contempler la danse des insectes dans la lumière, attendre la nuit, accueillir le jour, économiser mes forces, suivre le cycle des saisons, hiberner. Les animaux ne pensent pas à la mort, je voulais leur ressembler, ne plus réfléchir, ne plus tomber, être vierge du malheur, me retirer du monde, me coucher dans l'herbe, dans une félicité extraordinaire parce que je biaisais le destin. Immobile, introuvable, plus rien ne pourrait survenir et troubler ma tranquillité.

A le savait : je faisais mes adieux à celle que j'avais été depuis le premier jour de notre rencontre, la mort de mon père planant, une autre histoire s'amorçait. En vingt-quatre heures, nous avons ajouté des pierres à nos murs pour nous protéger de l'inconnu.

À l'étage du Sacré-Cœur, des fauteuils ronds, couleur pastel marquent des points de rendez-vous pour les familles, on pourrait croire à un studio, au décor d'une série télévisée que l'on démontera une fois le tournage terminé. Il est rare de croiser des patients dans les couloirs, sauf un homme en chemise, gilet, pantalon qui se déplace avec une béquille et qui me fait penser à mon père d'il y a peu, diminué mais apte à se vêtir, se laver, se parfumer, à tromper la mort. Dans leur lit, les autres patients attendent la délivrance, le saut vers l'inconnu. La mort se tient tapie avant de conduire ses brebis vers son pré. Je ressens cependant la puissance de la vie qui, menacée, en sursis, se débat, se déploie davantage qu'à l'extérieur où les hommes, les femmes ne savent pas leur chance de courir, marcher, faire du vélo, héler un taxi, monter dans un bus, s'engouffrer dans une bouche de métro, se rendre au travail, au restaurant, rentrer chez soi. Moi non plus je ne savais pas cette chance qui est, en fait, une habitude, une mécanique.

Je salue les infirmiers, les employés en charge du ménage en posant ma main sur mon cœur tels les habitants des pays musulmans où j'ai vécu, geste de reconnaissance, d'amitié, de fraternité envers ceux pour qui il doit être si difficile de travailler dans ce lieu qui ne ressemble pas à un hôpital mais à l'antichambre de la morgue, elle-même antichambre du cimetière.

Chacun se comprend à demi-mot. Je remarque une réduction de mon vocabulaire, répétant les mêmes phrases, comme un tic de langage, un rituel. « Ça va mon petit papa ? Nous sommes là tu sais. » Je n'attends pas de réponse, savoir que mon père m'entend me suffit, l'ouïe est le dernier sens qui subsiste, m'en inquiétant quand ma mère, ma sœur se disputent dans la chambre puis m'en réjouissant : mon père doit se dire que rien ne change au clan de « ses » femmes, les passions perdurent, le distraient peut-être.

Je crains parfois que notre présence ne l'importune, les mourants ont droit à la solitude, malgré les apparences, leurs pensées sont actives, j'imagine sa frustration de ne pouvoir nous répondre, nous amuser. Le troisième jour, encore debout, des bâtons en guise de jambes, il dansait et j'ai ri, me défendant de pleurer dans sa chambre, la moindre des politesses pour celui qui aimait me taquiner : « Au moins sois polie si tu n'es pas jolie. »

Être jolie je ne m'en soucie guère, les jours passés ici obligent à l'essentiel, être à l'heure, s'informer, surveiller, peu importent le vêtement, le maquillage, la coiffure, mon père ne me regarde pas, ne me voit pas, il me ressent, je l'espère. J'aimerais apaiser sa peur tandis que la mienne grandit de jour en jour telle l'ombre de l'arbre qui s'étire sur le mur. J'implore la médecin-cheffe de m'assurer que mon père ne souffre pas, je prends un air sérieux comme si j'étais à l'origine des injections d'opiacé, d'anxiolytique, de somnifère. Ici nous tentons de nous donner un statut, je suis le guet de la douleur rapportant en élève studieuse ce que je crois voir, comprendre, une grimace, un gémissement, une main engourdie, mais je ne sais rien, tellement rien que je demande de quoi est en train de mourir mon père à une interne bien plus jeune que moi et qui me répond froidement : « Le cancer de votre père s'est généralisé. »

La vérité est une préparation. J'ai lu un jour dans le manuel destiné aux hôtesses de l'air, à la dernière page : « Avant le crash, crispez-vous », j'avais trouvé une forme de sagesse à cette phrase, et un profond cynisme puisqu'en général personne ne survit à un accident d'avion.

Dans le protocole, la première phase est dite de soulagement, la seconde de demi-sédation, l'euthanasie étant interdite et non souhaitée dans notre cas. Nous en sommes à la première tout en ayant avancé d'un cran dans le stade de notre *aventure*, l'horaire de nos visites a changé, nous avons accès à la chambre de mon père dès 9 heures. Ma mère reste dormir près de lui sur un clic-clac, elle a rangé ses affaires dans l'armoire-penderie parmi celles de mon père, une chambre à l'écart existe, près d'une cafétéria d'appoint, la « chambre des couples et des familles ». Elle refuse d'y dormir : « Je la trouve morbide » et « Je ne suis pas en couple », dit-elle, manquant de glisser dans la salle de douche qu'elle trouve trop large pour son petit corps mangé par la pierre, le carrelage, le béton, les entrailles de Jeanne-Garnier.

J'imagine ma mère la nuit près de mon père, tous deux embarqués sur un radeau de fortune et emportés par des eaux tourbillonnantes ; qui tient la main de l'autre ? Les messages de ma mère au petit jour livrent l'histoire du souffle, de l'agitation, du sommeil, l'histoire de la vie qui continue, mon père est un rescapé, il déambule dans le donjon de la mort, retrouve le chemin de la sortie dès l'aube qui annonce une nouvelle partie d'échecs dont il sortira vainqueur ou non, lui seul semble décider de son sort. Nous assistons à sa guerre silencieuse, j'imagine deux armées de cellules ennemies qui s'affrontent à l'épée, l'une compte plus de soldats que l'autre, le combat est inégal mais persiste. Une nuit passée est un jour de sauf. Un matin je surprends dans une chambre deux officiers de police, un infirmier fermant le zip d'une housse noire et sanglée sur le lit relevé à son maximum ; y gisait le corps d'un homme, le mari de la femme qui a déclaré « j'ai bien vu que quelque chose n'allait pas hier soir ».

Quand ma mère regagne l'appartement pour se changer, laver des vêtements, la mort rôde, je ne la crains pas, elle fait sa ronde comme je fais la mienne dans ce lieu qui est devenu mien, nous y passons huit heures en moyenne, certains diront que nous exagérons. Pourtant, sans nous consulter, nous avons tous décidé de rester présents la durée entière des visites autorisées, sauf la nuit réservée à ma mère, choix que nous respectons. Notre course à l'amour se poursuit, rien ne peut l'entraver hormis la respiration de mon père si elle s'arrête. Je compte les secondes entre ses inspirations et ses expirations, elles sont au nombre de cinq désormais. La médication passe par un cathéter de couleur bleue scotché à même sa peau, nous n'avons pas demandé le nom, la nature, la toxicité des produits qui affluent via ses veines, notre confiance est grande, égale à notre degré d'ignorance en dépit de la certitude que mon père est shooté, drogué, maintenu dans une bulle chimique. Il fallait choisir entre la parole et la douleur, nous avons sacrifié la première pour circonscrire la seconde.

Je note des changements, il ne porte plus sa veste de pyjama mais un tee-shirt blanc, le plateau-repas a disparu, la bouteille d'eau minérale est pleine. Mon père n'est plus hydraté. J'imagine à l'intérieur de son corps des centaines de petites ampoules qui s'éteignent les unes après les autres même si la lumière persiste ; pâle je tente de la raviver en chantant (les « r » roulés) l'intraduisible comptine de notre enfance, l'histoire de mon père en goal si talentueux qu'aucun ballon n'entre dans ses buts,

Khouyi Rachid fi les bois hassèsse
rien ne passe
chirlou en l'air ou la ras de terre
toujours dans ses bras
allez les Verts

allez les Verts…

Je cherche aussi à raviver la lumière en lisant des pages de son livre préféré, *Les Nourritures terrestres*, livre qu'il m'avait offert pour mes dix-huit ans, pressentant qu'il me faudrait un guide pour avancer dans les nuits qui allaient me faire mûrir plus vite que les amis de mon âge, passant de mon adolescence aux braises du Milieu des filles dont les règles, les lois rappelaient celles d'une pauvre mafia – aussitôt acceptée, aussitôt trahie, adulée un jour, détestée, salie le jour suivant –, Milieu que je ne fréquente plus depuis longtemps et dont je reçois encore (téléphone arabe) des nouvelles chargées de violence, de mythomanie, de rumeur malsaine, les filles du Milieu aiguisant entre elles leur haine comme l'on aiguise des couteaux.

Je lis des passages des *Nourritures terrestres* au hasard, mon père paraît sourire, en vrai je lui prête une attitude qui n'existe pas ou qui existe « en dedans » de lui et que je perçois peut-être.

Quand André Gide écrit : « *Dans cet arbre il y avait des oiseaux qui chantaient. Ils chantaient, ah ! Plus fort qu'oiseaux, eussé-je cru, pussent chanter. Il semblait que l'arbre même criât – qu'il criât de toutes ses feuilles, – car on ne voyait pas les oiseaux* », le silence de Jeanne-Garnier se rompt, les oiseaux que je n'avais pas entendus les jours précédents se sont réveillés, ont volé depuis la ville, les parcs, les champs jusqu'à nous. Une folle excitation s'installe, inattendue, elle diffuse une joie dans le malheur, un sursaut ; suprématie de la nature sur nous, suprématie de mon imagination sans doute. L'Invisible me fait signe, moi qui attends la preuve d'un royaume après la vie, royaume qui s'apprête à recevoir mon père et qui l'appelle par le biais des pies, des merles, des mésanges, ses bruyants émissaires. Ma mère entre dans la chambre, je cache le livre dans mon sac, elle ouvre l'armoire-penderie, y dépose des vêtements propres, elle me regarde mais je ne sais pas si elle me voit, ici les choses, les personnes sont recouvertes d'un filtre, nous ne pouvons pas vivre le réel autrement, nous évoluons dans la bulle chimique de mon père, intoxiqués, hypnotisés, mes gestes sont lents, ma voix plus voilée, je suis la fille de mes parents et la mère de ma mère, de mon père qui pour la première fois depuis des jours ouvre les yeux. « Où est mon bouquin ? » Ma mère répond : « Tu veux dire ton bonnet, tiens, le voilà. » Je fais le lien avec ma lecture, l'orgueil encore. Mon père, déjà malade, chez lui, avait l'habitude de porter un bonnet, il se plaignait du froid sur son crâne qu'il couvrait, ressemblant ainsi à son père sur une photographie que je conservais, en costume coiffé d'une chéchia rouge qui lui donnait l'air d'un sultan. À la fin de son existence mon père est devenu son père, idolâtré, redouté. Ma famille est composée d'une lignée de dominants ; nul ne craint à présent le patriarche, je refuse d'endosser son rôle d'avant, détestant l'autorité que j'exerce malgré moi sur ma mère quand je m'oppose à elle, la contredisant pour un oui, pour un non, injuste sûrement. Je lui en veux de ne pas parvenir à nommer ma peine. Il existe une hiérarchie de la tristesse, ma mère, épouse, veuve en devenir, occupe la première place.

L'excitation des oiseaux me renvoie au séisme, à Alger, de 1980 qui précéda mon départ définitif. Les oiseaux avaient tenté de nous prévenir, devenus fous avant le grondement de la terre, les vibrations du sol. Nous étions comme à bord d'une fusée secoués dans un nuage de plâtre et de poussière. Le séisme a rasé la ville d'El Asnam, lieu de l'épicentre dont nous nous tenions à moins de cent kilomètres, j'avais treize ans. Quand on a cru que notre immeuble allait s'effondrer, mon père s'est jeté sur moi pour me protéger, sans réfléchir, sans hésiter, il m'a enveloppée, recouverte, pendant une minute, éternelle. Je porte le désir fou de pouvoir le sauver quitte à me mettre en danger comme lui n'avait pas hésité à le faire. Redevable d'une dette qui n'existe pas et dont je continue à vouloir m'amender. Les parents sont les créanciers de leurs enfants.

Ma lecture est l'un des rares instants où je me retrouve seule avec mon père. Personne ne comprend qu'il est parfois de trop dans cette chambre. Nous avons le sentiment de former, ensemble, un seul être, une entité supérieure et capable de renverser les forces de la maladie, de la mort, l'un sans l'autre paraît plus fragile, plus vulnérable. Nous désirons tout contrôler, tout posséder, jusqu'aux larmes qui ne sont pas les nôtres. Chacun porte en lui le récit de Jeanne-Garnier et chaque récit sera différent. Celui que je suis en train d'écrire ne correspondra sans doute pas à celui de ma mère, de ma sœur ni à celui de ses enfants, une histoire même si elle est collective diffère selon les points de vue de ses personnages. Les couleurs, les formes, les odeurs passent par mon interprétation, comme dans une scène de crime, quand les témoins rapportent une vision et non une action. Nous sommes novices, inexpérimentés, nos comportements sont dignes de ceux d'une bousculade, je ne vois ni ordre ni organisation même si nous restons ordonnés, organisés, je perçois une furie, un état sauvage, autant d'amour que de révolte, autant d'énergie que d'abattement, autant de vérité que d'erreur. Comment procéder sinon ? Aucune méthode n'existe pour contenir la tristesse ; nous aurons souvent tort.

Le 29 mai, sur la route qui me conduisait à la gare TGV située à quelques kilomètres d'Aix-en-Provence, je n'ai pas reconnu la zone industrielle, les champs, le lac artificiel, les pylônes électriques, mes repères habituels. J'imaginais que mon chauffeur m'emmenait vers un sous-bois, m'enlevait ; paralysée, je n'ai pas osé demander si nous étions sur la bonne route, si je n'allais pas rater mon train, je n'ai pas vérifié l'itinéraire sur le service de géolocalisation de mon téléphone, je n'ai pas appelé A pour l'alerter, le temps me paraissait plus long qu'à l'accoutumée, mon regard fixé sur la nuque de mon chauffeur, quand apparut en lettres capitales le mot « Aquarium » sur le fronton d'un bâtiment qui annonçait la moitié du trajet avant la gare. Mon délire n'était pas l'expression de ma culpabilité, j'avais changé de personnalité, de fréquence à l'image d'une onde radiophonique. Engagée dans le chemin de la maladie de mon père, je m'étais fondue à celui que j'allais rejoindre et veiller.

Le sentiment de contamination revient hors de la chambre 119, prostrée devant le distributeur de café, d'eau, de barres chocolatées, chaque denrée, chaque liquide me semble porter le sceau de la mort ; ingérer une substance reviendrait à engloutir le mal. Ma croyance en un monde parallèle qui me tend des pièges est devenue ma vérité.

Lors des soins, nous nous séparons ; ma mère reste à proximité de la chambre, ma sœur se rend au jardin avec ses enfants, moi à la bibliothèque de la maison médicale, les livres, abandonnés à leur rayon, sont de bons compagnons. Je trouve un roman de mon ancien éditeur mort entre ces murs ; une boucle se referme. Il y a dix ans, je tentais de me représenter Jeanne-Garnier quand, au téléphone, mon ancien éditeur me décrivait sa chambre, la composition de ses menus, la gentillesse du personnel, l'identité de ses visiteurs. L'endroit n'a plus de secret pour moi, le traversant, j'enjambe la frontière qui sépare le présent du passé, reconstituant le puzzle d'une histoire qui ne m'appartient pas et qui se mélange à la mienne. La saison, les personnages ont changé, la scène demeure identique. Une « aide aux familles » me confie que bien souvent, le premier jour de leur arrivée, les patients supplient les médecins de les aider à mourir au plus vite, le temps passant, s'ils sont encore conscients, ils ont changé d'avis. Jeanne-Garnier est un bastion que nul ne veut plus quitter, ni les mourants ni les bien portants, la rumeur de la ville est plus effrayante que les cris d'une femme depuis son lit, femme aux yeux couleur encre comme troués et qui, couchée sur le ventre, exige de garder sa porte ouverte pour « admirer encore l'univers ».

Je ne sais pas si mon père a assez voyagé et s'il a regardé, à son tour, assez l'univers, mais je sais qu'il a tenté de s'extraire de sa maladie en quittant la France.

Trois mois avant son admission, déjà très amaigri, il annonçait vouloir se rendre à Alger, dans notre appartement familial qu'il refusait de vendre, vortex de nos souvenirs. Il avait pris son billet, un aller simple, contacté ses voisins et amis qui viendraient le chercher à l'aéroport, il désirait trier des papiers, vider ses dossiers comme si l'appartement contenait une manne d'informations confidentielles alors que mon père n'exerçait plus en Algérie, sa carrière stoppée en pleine ascension, à l'exemple de celle des autres hauts fonctionnaires de son pays frappé par une guerre sanguinaire, fratricide au début des années 90. Mon père nous interdisait de l'accompagner. Comme nous lui reprochions d'être égoïste, inconscient, il avait rétorqué : « Vous n'avez pas compris ? Vous ne savez pas ce qu'il va se passer pour moi là-bas ? Je vais mourir, oui, mourir », puis il s'était repris : « Je reviendrai. » J'étais sûre qu'il ne croyait pas en sa mort, sa colère était une manière de nous repousser, de le laisser partir, de lui rendre sa liberté qu'il se plaignait d'avoir perdue depuis l'épidémie planétaire et les mesures de restriction qu'elle avait engendrées. Je n'y croyais pas moi non plus, malgré sa récente anorexie, la froideur de sa peau quand je l'embrassais, les vaisseaux qui recouvraient ses jambes et que ma mère avait confondus avec des poils, lui au torse imberbe, mat et jadis sculpté telle une statue gracile, égyptienne.

Le 28 mars 2022, deux mois avant Jeanne-Garnier, je me suis rendue à Roissy où m'attendaient mes parents, il était dix heures du matin, le ciel était bleu franc, l'air glacé. Je portais un manteau d'homme beige, une chemise blanche, la tenue du père de mon enfance qui nous embrassait vite avant de sauter dans un avion de la Pan Am ou de la TWA, laissant dans son sillage l'odeur de son parfum, de sa cigarette. J'avais, enfant, fini par m'habituer, sans l'admettre, à l'absence de mon père, m'étonnant même de ses retours. Combien de fois ai-je pensé ne jamais le revoir et combien de fois l'ai-je peut-être souhaité en secret, regrettant aussitôt, pour ne plus avoir à l'attendre ? Son départ ravivait une période trouble quand je m'interrogeais sur sa façon de nous aimer, de nous chérir puis de nous quitter comme si cet amour le dépassait, le contrariait.

Porte de la Chapelle je regardais derrière la vitre de la voiture qui me conduisait les hommes-zombis sous crack ; certains tentaient de se battre, manquant leur cible, ils tombaient sur le bitume sale, on avait l'impression d'un asile à ciel ouvert, les fous erraient à la recherche de la dose qui les arracherait à leur cauchemar qui se déroulait dans une indifférence propre à notre nouvelle ère, notre nouveau monde. Sur le trajet ma mère m'écrivait : « Nous sommes arrivés et attendons un fauteuil roulant. » Mon père, si fier, demandait de l'aide pour prendre son avion. J'eus honte de ma honte, associant sa fragilité à une défaite. Je me sentais trahie : mon père était soit dans le déni, soit porté par le projet de mourir *hors* de nous.

Le terminal de Roissy pour l'Algérie me ramenait à mon enfance, parmi les femmes, les hommes en partance pour une terre que je ne connaissais plus, chargés, inquiets, je savais cette nervosité, je la possédais, m'en soignais, transmise par mon père sans cesse sur le qui-vive, sursautant au moindre bruit, paré à riposter, traumatisme intergénérationnel de la guerre, expliquait ma mère. Mes parents se tenaient sur le canapé d'un salon réservé aux personnes « vulnérables », un homme une jambe dans le plâtre face à eux. Mon père, sa canne à la main, impatient, craignait de manquer son avion, invectivant l'hôtesse qui tentait de le rassurer. L'aéroport était indépendant du pôle de « l'assistance aux voyageurs » géré par une société privée et situé à l'opposé du terminal, elle attendait, talkie-walkie à la main, un appel du responsable. J'étais rassurée : agité, menaçant, mon père possédait encore l'énergie de protester, il saurait se défendre en cas de difficulté.

Assise à ses côtés, mon bras autour de ses épaules, j'avais l'intuition d'une confidence de dernière minute, la vision d'une vie après son voyage et de celle d'un livre, la réalité et la fiction se confondant, mon existence s'articulait ainsi. Je tournais le dos à ma mère, dressant un rempart entre nous sans m'en apercevoir, je voulais mon père à moi seule, espérant le faire parler et découvrir les véritables raisons de son départ, peut-être qu'il me ferait confiance. Je me trompais, mon père répétait ce qu'il avait déjà énoncé, il désirait ranger ses affaires, vider la bibliothèque où se tenaient classés ses rapports de mission, il ne craignait rien, n'avait rien à se reprocher, il refusait de laisser des traces derrière lui, ce que j'entendais ainsi : ce voyage serait le dernier.

Il émettait enfin le souhait de vendre l'appartement, il reviendrait dans un an, il ne faudrait pas s'inquiéter, il était fort, je faisais semblant de le croire et formulais le regret de ne pas l'accompagner. « Mais qu'aurais-tu fait là-bas à part t'ennuyer ? – J'aurais écrit. »

J'ai ouvert mes bras, tenu contre moi mes deux parents sans pouvoir les protéger, je tombais avec eux, perdus aux confins de Roissy, au terminal de ceux qui fuient ou qui rentrent au pays. Le vol de mon père s'affichait sur un écran avec ceux de Dakar, d'Abidjan, de Tunis, de Mahé, j'avais envie de partir n'importe où puisqu'Alger m'était défendue ; peut-être ne fallait-il jamais revenir aux sources de soi, peut-être qu'il existe des explorations interdites, que les pierres ne se dérangent pas, peut-être que l'existence est une histoire de course, d'avancement, d'élan, que le passé est un ennemi et qu'il faut lui préférer l'oubli, l'amnésie, celui qui se retourne sur son ombre devient ombre à son tour. La lumière n'éclaire que l'avenir et peut-être qu'il vaut mieux ne pas savoir, ne pas vérifier, ne pas retrouver, ne pas étreindre une seconde fois au risque de se brûler.

Mon père a failli rater son avion, il a franchi le portique de la sécurité sans se retourner, il était déjà ailleurs, parti, libre, à demi mort et à demi vivant. Ma mère refusait de quitter l'aéroport avant le décollage, nous avons déambulé dans Roissy, nous sommes assises sur un banc parmi les passagers, nous étions comme eux, en attente, mais en attente de quelque chose d'impalpable, de mystérieux, quelque chose qui avait un lien avec l'amour, la confiance, la vérité, mais qui n'était pas encore l'amour, la confiance, la vérité, et si l'on avait pris à cet instant une photographie de nous deux, le cœur de l'image nous représentant aurait été flou et ses contours nets. Comme si nous étions les lignes d'un dessin vide, comme si mon père avait emporté notre intériorité.

Je suis rentrée en voiture avec ma mère, nous étions amorphes, abattues, ne retrouvant ni nos mots ni une forme (temporaire) de soulagement puisqu'il était bien parti, bien installé, on s'occuperait de lui à son arrivée, il allait revenir, sûrement, mon père revenait toujours, avec cette phrase « je n'ai que vous après tout », phrase que je me gardais d'interpréter. Je descendais de la voiture : pas après pas, les rues semblaient s'élargir, les immeubles grandir, la cime des arbres croître, j'étais devenue minuscule.

Les jours qui ont suivi le départ de mon père se sont tenus entre deux espaces, le mien et le sien. Au début, sa voix était claire au téléphone, il semblait apaisé, sûrement jouait-il la comédie. Ses amis venaient lui rendre visite, la femme de son voisin lui offrait le soir une part du repas qu'elle avait cuisiné, un agent immobilier l'avait contacté, ils étaient même convenus d'un rendez-vous.

Je regagnais en fantasme l'appartement qui ne correspondait plus à ce qu'il avait été, les affaires de mes parents, de ma sœur, rapportées en France depuis longtemps. Seule ma chambre avait échappé au déménagement, chambre-musée dont les objets, jamais récupérés, m'étaient longtemps apparus comme des résidus de moi-même. Mon père à Alger, une zone de ma mémoire se réactivait. À travers lui je possédais à nouveau mes effets, utilisés, abîmés, jetés par des locataires de passage. Qu'il soit malade et sans doute condamné changeait la donne ; sans le savoir, il avait la charge de faire mes adieux à mon enfance.

Quand je lui téléphonais, je craignais que la sonnerie ne retentisse dans le vide, que sa ligne soit coupée ou qu'un inconnu prenne mon appel et m'annonce son décès. Je vivais dans l'imagination de sa disparition, me punissant de ne pas être à ses côtés, de lui avoir obéi.

Depuis Aix, je lui annonçai m'être rapprochée, chacun de nous deux occupant un côté de la Méditerranée. À Marseille les bateaux étaient nombreux, les vols vers Alger réguliers. Il n'avait pas relevé. J'interprétais son silence de deux façons, soit il n'aurait jamais besoin de moi, soit il me trouvait indécente, impliquée dans mon histoire d'amour tandis que lui se débattait avec celle de sa mort.

Il me décrivait ses journées. Il effectuait sa marche en fin de matinée, achetait du poisson, de la viande, parvenait à cuisiner, moins à se nourrir, ce n'était pas grave, sa maigreur était selon lui le fait de sa vieillesse, elle finirait par se stabiliser, il prenait le soleil sur le balcon-terrasse, se régénérait, il s'étonnait que l'on vienne le voir tous les jours, « les *gens* ont peur pour moi, mais je ne comprends pas pourquoi ».

Il m'avait raconté un jour que les jeunes footballeurs en djellaba du parc de son immeuble le saluaient en l'appelant, par respect, *El Hadj* alors qu'il n'avait que soixante-dix ans. Comment le considéraient-ils vingt-six ans plus tard, alors que je n'acceptais pas sa maladie ni son âge et

« l'ordre naturel des choses » ? Mon refus m'assignait à la triste place de vieil enfant.

Il relisait ses dossiers avant de les déchirer la gorge nouée : « Toi tu peux me comprendre. » Je conservais l'ensemble de mes notes, des carnets, des manuscrits inachevés, des feuilles en réserve, mon écriture, même illisible ou effacée, générait encore de la force. Mon père, lui, procédait à son autodafé.

Quand il n'était pas seul, il s'adressait à moi en arabe, je comprenais un mot sur deux sans l'interrompre. Il me « ramenait », le temps de la conversation, *à la maison*, son entourage devant peut-être s'étonner ou s'indigner de mon absence. Je me le représentais en hologramme, traversant les murs, glissant sur le sol, passe-muraille et gardien d'un appartement dont j'avais raconté, écrit, réécrit l'histoire en architecte, restituant son plan, sa lumière, ses matériaux, sa couleur, sa façade, la hauteur et la courbe de son bâtiment inclus dans un Ensemble des années 50, semblable à ceux de Perret ou de Le Corbusier. Il était mon Atlantide, un lieu perdu, paternel.

Le matin du 15 avril, sa voix a changé. Je connaissais ce timbre, enfantin, qu'il prenait à

Paris quand il désirait se cacher sous sa couverture et qu'on le laisse tranquille. Le ton était plus aigu, plus saccadé avant de ralentir comme si tout en lui était en train de s'affaisser. Il dormait à présent le jour durant, n'ouvrait plus sa porte et quand il l'ouvrait s'excusait de ne pas être en mesure de recevoir, de discuter. Il ne faisait plus de courses, n'en avait pas la force, n'en voyait pas l'utilité. Il possédait un stock de riz, de conserves, la nourriture le dégoûtait, il jetait les plats de sa voisine, se sentait envahi. Je lui conseillais de prendre un billet et de rentrer, il refusait, son travail n'était pas terminé, déchirer des feuilles prenait davantage de temps que de les relire.

Je me souvenais de l'image d'un cercueil que l'on avait extrait d'une soute à bagages, de l'histoire d'un passager mort en vol sur son siège, de celle d'un baigneur retrouvé en morceaux sur le rivage d'une île et rendu tel quel à sa famille qui l'attendait en France, de petites figurines représentant la mort que j'avais acquises au Mexique, d'une lettre de Sophie Calle désirant m'offrir un collier porte-malheur qu'elle tenait d'Hervé Guibert.

Un faisceau d'indices s'illuminait : les négligeant, j'avais préparé le lit de la mort solitaire de mon père.

J'ai espéré son retour, vivant, pendant vingt jours. Insomniaque, ma chambre à Paris devenait ma chambre d'Alger quand nous attendions une carte postale des Philippines, du Pérou, de Nairobi, carte postale qui annonçait la fin de sa mission et le début de notre délivrance, nous ne savions pas vivre sans lui, la ville d'Alger, dans ma « folie », était peuplée d'hommes-monstres qui viendraient nous assassiner.

Mon père me confiait son foyer, comptait sur moi, je prenais sa place, trop grande, volant ses cravates, ses chemises, rivée à une identité hybride, interchangeable, devenant l'une ou l'un au gré de mes envies. Mon père se dupliquait en moi.

Ses voisins, ses amis avaient eu un choc en le revoyant, tant il avait changé. Ils ne cachaient ni leur peine ni leur inquiétude, aggravant les nôtres quand ils se manifestaient auprès de ma mère au téléphone ; que d'autres témoins décrivent son état retirait l'espoir d'une issue heureuse, le condamnait, qu'il rentre ou non, mon père allait périr. J'avais compté sur son voyage pour que les forces reviennent, mais il avait encore maigri. Je l'imaginais endormi dans la chambre parentale, à l'extrémité de l'appartement, me rappelant l'épisode de sa fièvre typhoïde au retour du Bénin, fièvre qu'il avait contractée, d'après lui, en touchant de faux masques plongés dans une eau croupie pour les faire vieillir. Hormis cette fièvre, je ne lui connaissais, dans mon enfance, aucune maladie. Il était résistant, préférait nous soigner plutôt que d'être soigné par nous. Je tombais toujours malade en sa présence, le cycle de mes bronchites suivait le cycle de ses missions, lui seul autorisé à me donner mes médicaments selon un rituel qui nous appartenait – à 19 heures, il entrait dans ma chambre, attendait ma phrase leitmotive « je suis fatiguée, je suis fatiguée » puis s'avançait, posait sa main sur mon front, un verre d'eau et les antibiotiques sur ma table de chevet, passait en revue mes livres, mes dessins, rangeait mon bureau, ouvrait la fenêtre avec un air détaché qui me donnait l'impression de prendre mon traitement sans qu'il m'y oblige.

Je suivais à mon tour sa tactique, ne lui demandais plus s'il avait l'intention de rentrer, vantant les vertus du climat algérois et l'importance de détruire ses dossiers.

J'avais peur pour ma mère, peur que la douleur ne la brise si mon père venait à mourir loin d'elle ; j'avais peur qu'elle se rende seule à Alger, l'imaginant perdue dans la foule des hommes, foule qui l'avait tant effrayée pendant sa jeunesse. Si mon père avait été absent lors de mon enfance, ma mère elle, parfois, « partait dans ses pensées », nous n'osions déranger ses périples intérieurs qui lui donnaient un air mélancolique et la faisaient s'en aller vraiment comme un ballon qui s'envole quand on le lâche. Mes parents ne partageaient pas leurs secrets, notre imagination était grande, farfelue, puis se refermait sur nous gagnées par l'angoisse de les perdre, angoisse qui revenait à l'âge adulte. Mon père malade : la vie ne nous avait donc rien appris.

La mort est censée avoir un lien avec la sagesse, le renoncement tout du moins, pour l'accepter quand elle se présente à nous, mais plus elle tourne moins j'accepte le sort de mon père et celui de notre condition humaine. Il me semble injuste de devoir mourir un jour, je sais, bien sûr, la grande immaturité de cette pensée qui cependant me rassure : j'aime la vie plus que tout. Quand je dis La vie, je la conçois dans son ensemble, il y a l'amour, l'amitié, le désir, l'adoration, la paresse, la contemplation, mais il y a aussi, dans cette vie que j'aime tant, la mer, les arbres, la sève, le parfum entêtant des fleurs, la couleur du ciel, le bruit de la pluie qui tombe sur la terre, les collines, les forêts, la beauté sauvage, animale, tout ce qui bruisse, frémit, coule, explose, tout ce qui est en mouvement, qui se déploie, s'envole. Je possède un don pour la joie, don qui éveille en moi, parfois, un sentiment de culpabilité comme s'il me fallait me punir de ma légèreté, sachant ma mère, ma sœur en proie à une tristesse passagère qui s'abat sans prévenir et assombrit leurs jours. Je tiens de mon père, ou est-ce à force de l'avoir imité, sa façon de plaisanter de tout, de ne jamais se plaindre, d'occuper l'instant présent comme s'il était le dernier, d'éprouver du plaisir à chaque fois qu'il est possible d'en éprouver et de garder en soi le souvenir de la jouissance au cas où elle ne reviendrait pas. Nous partageons une philosophie du bonheur simple, externe toutefois à mes livres, seuls « lieux » où je laisse se déployer mes tracas : tenus à distance, enfermés dans du papier, je crois les dominer.

Craignant que mon père ne meure à Alger et qu'il soit « emporté », « déplacé », « retiré » par ses frères (qu'il refuse de voir depuis trente ans) pour être enterré dans sa ville natale, j'étais gagnée par un sentiment d'injustice, d'impuissance, de colère, écrasée par la virilité de cette scène fantasmée, les hommes entre eux par-delà la mort, puis par un sentiment de panique, me souvenant des récits d'enlèvement d'enfants de couples franco-algériens que me racontait ma mère ; la phobie du rapt revenait à l'endroit de mon père et je me le représentais à même la terre, nu, enroulé dans un drap, prié, célébré par des inconnus dans une langue qui m'était étrangère mais qui restait la sienne. Et si je m'étais trompée ? Et si son désir était celui de reposer *chez lui*, selon les rites d'une culture qu'il ne nous avait pas transmise, lui si occidental, dans son mode de vie, son style, sa pensée. Mais qui à présent le rassurait ? Le soir du 18 avril il m'appelait pour me dire qu'il avait acheté son billet. Il rentrait. « Je suis maintenant complètement dépendant de vous. Je dois l'accepter. Et je l'accepte. » J'apprenais dans le même temps qu'il avait laissé des instructions à ma mère avant son départ, il avait, par écrit, formulé le souhait, en cas de décès à Alger, de rentrer à Paris pour « être » près de nous.

Je ne me suis pas rendue à Roissy pour l'y accueillir, je crois que ma mère désirait être seule, je me trompais peut-être, je n'insistais pas, j'étais fatiguée et j'avais peur de le retrouver et de découvrir son nouveau corps et son nouveau visage – en vérité je n'en étais pas capable. Quand je pensais à lui, je pensais à sa mort, je ne parvenais pas à séparer les deux idées, cela signifiait que quelque chose était en marche et que je ne pouvais l'arrêter. J'avais une photographie à l'esprit, comme si ma mère avait pris pour moi un cliché de mon père et me l'avait décrit en ces termes : « Je l'ai attendu longtemps, il était le dernier passager, il marchait accroché à son chariot qui l'entraînait vers moi. Une force surnaturelle le faisait tenir debout. Je ne sais pas d'où elle provient, mais je suis heureuse qu'elle existe. » Je l'ai rejoint chez lui deux jours après, je n'ai rien dit sur sa maigreur, son teint, faisant comme si de rien n'était, je lui ai apporté de L'Hortus, vin qu'il aimait, nous sommes passés à table, il n'a pas déjeuné. « Mon cerveau me commande de ne pas absorber de choses solides. » Évoquant l'appartement d'Alger, la visite d'un agent immobilier qui lui aurait dit : « En fait vous ne voulez pas vendre, monsieur », j'ai demandé à mon père ce qu'il comptait faire, sachant qu'il ne pourrait plus voyager. Il a murmuré : « Gardez-le pour toujours, c'est notre maison. » J'ai promis, même si la loi religieuse en vigueur en Algérie ne permet pas à une femme française d'hériter de son mari, malgré la volonté de celui-ci, et que cette même loi nous empêchera ma sœur et moi de posséder en entier le bien. Si mon père disparaissait, nous serions dans l'obligation de partager notre héritage algérien avec un tiers masculin. J'avais donné ma parole, sans doute me serait-il impossible de ne pas la trahir. L'appartement de mon enfance m'apparaissait en vaisseau coincé entre les glaciers, il contenait une partie de notre histoire, elle et lui voguaient vers un paysage inatteignable.

Dans mes bras, je sentais ses os comme ceux des moineaux que j'achetais sur la route des plages et qui mourraient à peine arrivés chez nous.

Il était heureux d'être en France, pays qui l'avait adopté dès son arrivée à Vannes puis à Rennes et à Paris. Pourtant, mon père se sentait parfois illégitime malgré ses soixante ans de mariage avec ma mère, gêné, il craignait que « tout cela » ne finisse par coûter cher, il préférait « laisser tomber ». Mon père était cependant un citoyen parmi les autres, il avait le droit d'être soigné dans le pays de sa femme, de ses filles, et bientôt d'y « mourir dans la dignité ».

Il avait rapporté d'Alger des documents, des souvenirs, ce qu'il nommait sa « vache », une sorte de cartable en cuir gold et patiné, sa thèse sur *L'Offre de monnaie*, des billets de cinq dinars qui portaient sa signature puisqu'il avait été gouverneur de la banque centrale pendant trois ans avant de partir vers le golfe Persique jadis peu connu, peu construit, pour y travailler. Et l'un de mes dessins qui avaient échappé au temps, à la destruction : y était représenté un arbre blanc à feuilles noires.

Un nouveau patient est arrivé à Jeanne-Garnier, il est jeune, la trentaine, américain ; il reçoit ses amis dans le jardin, quand il retire sa robe de chambre, ses bras sont recouverts de taches violacées (Kaposi) ; il porte un tee-shirt manches courtes, en dessous, son corps flotte. L'extrême maigreur le rend gracieux, il se tient droit, les jambes croisées, la tête haute, cheveux blonds, bouclés, des yeux verts. Il pourrait être l'image-miroir d'Hervé Guibert dans son film *La Pudeur ou l'Impudeur*, boxant dans le vide face caméra.

Je ne le croise jamais à l'étage de mon père, comme s'il séjournait sous les saules pleureurs à l'abri des autres malades. Ses amis sont au nombre de trois, une femme, deux hommes, tous s'expriment en anglais. Il est peut-être danseur, acteur, il rit aux éclats, souvent, malgré la situation ; la taille de ses mains, accentuée par la maigreur, est gigantesque comparée à la finesse des bras, des poignets. Il me fait penser à un poisson préhistorique, je l'imagine, la nuit, avançant en eau profonde, écartant avec ses nageoires les algues vénéneuses qui obstruent son passage.

À la fin des années 80, je me rendais chaque mardi au Boy pour le spectacle des travestis ; l'endroit était réservé aux hommes, certaines femmes y étaient acceptées, j'en faisais partie, à condition de bien me tenir, m'avait ordonné un soir un serveur, « bien se tenir » signifiait laisser sa place aux garçons au bar, au vestiaire, sur les banquettes ; le mardi était un jour différent, des hommes devenant des femmes le temps du spectacle, je me sentais moins seule, fascinée par les costumes, les chaussures, les maquillages, les chants, les danses, tout y était d'une féminité outrancière et inverse à la féminité telle que je la vivais enfin dans mon corps de dix-huit ans, transformé, sans trace de mon enfance androgyne. Mon homosexualité vécue sans être encore assumée avait comme hissé ma féminité, l'avait découverte, mise à nu, façon peut-être de m'affranchir de mon père, moi son fils imaginaire, de me démarquer des femmes viriles qui fréquentaient les mêmes endroits que moi où, je le comprends à présent, ma nouvelle féminité me servait d'alibi. Je la portais en masque, terrifiée à l'idée que ma famille apprenne qui j'étais vraiment. Les travestis du Boy étaient d'une joie outrancière elle aussi, il ne s'agissait pas seulement de couleurs, de paillettes, de show, de fête. Les spectacles du mardi répondaient à l'angoisse du sida, à ses ravages, les garçons disparaissaient les uns après les autres, comme kidnappés par le HIV. Je me souviens de la phrase d'un ami d'alors, « je dois actualiser mon répertoire téléphonique tous les trois mois, je barre les noms et les numéros de mes amants disparus mais pas leur visage », ou de celle d'un autre, « j'ai encore rendez-vous au crématorium du Père-Lachaise samedi ».

On raconte que les malades du sida demandaient l'incinération pour se venger du virus, pour qu'il soit détruit par la combustion et réduit en cendres (qui sont de la poudre en fait).

Je vivais plongée, malgré moi, dans l'épidémie, combien de travestis et de garçons du Boy existent encore ? Qui de la bande d'Hélène, une femme que j'aimais (que je croyais aimer, m'y « accrochant » malgré sa cruauté et nos disputes car elle était la première), a survécu ? Lionel ? David ? Laurent ? Pierrick ? Ses amants platoniques qui lui avaient donné le surnom de « fille à pédés » puisqu'elle était tombée amoureuse de chacun d'entre eux avant qu'ils ne deviennent ses amis, ses grands amis qu'elle préférait toujours à moi, la roue de secours, le dernier choix ; elle comme eux étaient plus âgés que moi, la trentaine comme le nouveau patient américain, ils en profitaient, moquant mon romantisme, mon rêve d'écrire un roman, mon amour pour Hélène qui me rejetait, me reprenait selon les saisons, nous séparant l'été, nous retrouvant l'hiver.

Je regardais danser torse nu les travestis, les clients du Boy, ils étaient ivres de vie et de désir, je faisais par ricochet partie de cette communauté décimée, rejetée, je la rejoignais sur la piste, nous levions ensemble nos poings, reprenant notre hymne, une chanson de Soul II Soul dont le refrain « Back to life, back to reality » défiait le destin. Les travestis étaient des soldats, des résistants en bas et en talons aiguilles, dieux et déesses de mes voyages noctambules qui m'ont appris la vie en m'approchant de la mort.

Le nouveau patient ne m'accorde aucun regard moi qui le fixe, seule, assise sur ma chaise, ne sentant ni la brûlure du soleil ni le parfum des roses qui m'entourent ; ma nièce parfois me rejoint, nous faisons un pique-nique un jour (ce mot est inapproprié ici, mais nous le prononçons). Je me rends au G20 avenue Émile-Zola, après les palissades qui cachent les travaux ; nous faisons des courses, à tour de rôle, les gestes si anodins d'habitude, prendre un caddie, choisir, payer, quitter le magasin, inscrits dans un processus d'irréalité, en deviennent déformés. L'agonie de mon père, notre attente, la maison médicale ont comme retourné le réel, il n'y a plus aucune normalité dans nos gestes, nos paroles et nous nous sommes habitués à cette anormalité, nous l'intégrons, l'expérimentons ; l'argent ne compte pas, cela fait aussi partie du processus, je ne regarde pas ce que j'achète, ne vérifie pas mon ticket de caisse, jette aussitôt celui de ma carte de crédit pour ne garder aucune trace de cette semaine que je compare à une tranchée. Le temps est ouvert, nous occupons sa brèche avant qu'elle ne se referme avec la mort de mon père. Cette irréalité me ramène quatre ans en arrière quand un jour ma mère m'appelait en larmes parce que mon père ne la reconnaissait plus, la prenait pour moi, lui demandait des nouvelles du livre qu'elle était en train d'écrire et si elle était heureuse de son éditrice ; sa confusion avait duré deux heures puis il en était sorti comme si rien ne s'était passé, refusant de se rendre aux urgences ou chez son médecin généraliste pour un examen ; mon père était fataliste, quand le chirurgien lui avait annoncé qu'aucune chimiothérapie n'était possible dans son cas, il avait répondu qu'il prendrait des cachets contre la douleur et que cela irait très bien ainsi ; quand son oncologue avait émis l'hypothèse d'un hôpital de jour puis de soins palliatifs, il avait tourné la tête vers la fenêtre de son bureau en faisant semblant de ne pas comprendre.

Je commence non à accepter, mais à m'imprégner de l'idée de sa disparition, l'infime (faux) espoir qui m'animait n'existe plus, je me sens vaincue : j'avais feint d'ignorer que nul ne revient d'un centre de soins palliatifs, que la mort vous y attend et qu'elle n'a pas l'intention de vous épargner, je croyais mon père plus fort, plus résistant, invincible, croyance de l'enfant et non de la femme que je suis devenue puisque me revient ce souvenir quand je regarde mon père que les infirmiers soulèvent comme l'on soulève un petit garçon endormi ou évanoui : nous étions sur une plage, à quelques kilomètres d'Alger, il y avait du vent, on avait construit une barrière avec les parasols pour nous protéger du sable, la plage était presque vide, au loin de jeunes hommes sautaient dans les vagues, il y avait deux ou trois familles pas plus, je m'étais baignée avec ma sœur, sous la surveillance de nos parents, les courants étaient forts, je n'avais pas peur de la mer, refusant que l'on me tienne par la main, plongeant dans les rouleaux et me laissant aspirer puis ramener vers le rivage, la peau griffée par les milliers de petits cailloux que le courant charriait. Je possède le souvenir exact de la fatigue après la nage, de la tristesse qu'elle provoquait en moi, tristesse due à la beauté écrasante du paysage. L'Algérie était un pays vierge, fermé au tourisme, la nature y était invasive, agressive, désordonnée, d'une splendeur hallucinante ; s'y entremêlaient la vie, la mort en raison de la beauté monstre du décor.

Le ciel s'est couvert, le vent est tombé, une brume s'évaporait de l'eau, édifiant un tableau de ténèbres, mon père fumait une cigarette. Assis, il corrigeait ma façon de dribbler, je jouais contre un adversaire invisible, j'étais assez douée, rêvant d'un destin de sportive de haut niveau, foot ou tennis, destin contrarié que je regrette encore parfois ; l'eau était grise, ondulait, on aurait cru à un vaste marécage et puis il y a eu ces cris, « à l'aide, à l'aide, à l'aide ». Les jeunes garçons s'agitaient, nul d'entre eux ne savait nager, mon père s'est levé, « quelqu'un est en train de se noyer », il a retiré ses lunettes et il a couru, plongé, crawlé vers le large, suivi de près par un homme. J'ai eu peur pour mon père, peur que le noyé ne l'entraîne vers le fond, peur que son cœur ne s'arrête tant il nageait vite, peur que la mer ne l'absorbe et qu'il se fasse dévorer par des animaux marins. Mon père était devenu un point dans la mer, puis, aidé par l'homme qui l'avait rejoint, il a tiré le noyé vers le rivage ; ils ont mis du temps à revenir. J'attendais. Ma mère m'a ordonné de m'écarter, ce n'était pas de mon âge, moi je voulais tout voir, tout savoir. Quand ils sont sortis ils soutenaient le noyé par ses aisselles, je l'ai cru en vie, mais en m'approchant je me suis aperçue que ses pieds ne touchaient pas le sol, il m'a fait penser à un pantin en bois, j'en avais une collection que mon père m'avait rapportés des États-Unis, il suffisait de tirer sur une ficelle pour actionner les bras, les jambes, sans cela, malgré leur matière, ils étaient comme mous, désarticulés.

Ils l'ont déposé sur le sable, ses amis ont formé un cercle autour de lui, mon père, à genoux, massait son cœur, puis s'est arrêté de masser, « c'est fini » ; je m'étais frayé un chemin entre les jeunes garçons. Petite, ma tête à hauteur de leurs cuisses, j'ai eu l'image d'une forêt d'hommes, forêt qui est nommée dans la quasi-totalité des livres que j'ai écrits tant la scène a dû m'impressionner à la manière d'un dessin sur son support.

Je me souviens que de la mousse sortait de la bouche du noyé à la peau déjà bleutée. Le jeune noyé était le premier cadavre que je voyais, il était nu à part son maillot de bain, aucun vêtement ne cachait son ventre, sa poitrine. La mort était bien là, devant nous, devant moi punie par ma curiosité.

Ses amis l'ont porté sur leurs épaules, à l'horizontale comme une offrande, et ont quitté la plage en courant, emmenant le corps vers sa famille dans un proche lotissement. J'ai pensé à sa mère, il avait dix-huit ans, à l'effroi, aux larmes, au deuil, à la vie qui s'arrêtait trop tôt, à la jeunesse folle, imprudente. Mon père a dit : « J'ai échoué. »

Deux ans plus tard, j'ai failli me noyer dans la piscine d'un hôtel désert dont j'avais escaladé le mur, rejouant la scène alors que mon père était parti en voyage et que la personne censée me surveiller lisait sur la plage, concentrée sur son roman puis occupée par son fils qui m'avait laissée me débrouiller seule au fond de la piscine, inconscient ou criminel, je ne le saurai jamais. J'avais eu cette image de ma mère en larmes, image fantasmée devinant à l'avance son désespoir de perdre un enfant, image qui m'avait donné une dernière force pour me propulser, me sauver, toute seule, comme si je réparais la mort du jeune homme en empêchant la mienne. Regardant mon père sur son lit, décharné, je me demande si le noyé le veille, l'attend, s'il lui en veut de ne pas lui avoir sauvé la vie ou s'il lui est reconnaissant d'avoir essayé ; des années plus tard, nous apprenions qu'à l'endroit de la noyade, la mer contenait une fosse aspirante.

La médecin-cheffe nous reproche d'être trop nombreux dans la chambre de mon père, « vous l'étouffez », nous les vampires penchés sur notre proie à l'affût du moindre signe. Mon père n'ouvre plus les yeux, il respire mal, sa colère ne sortira plus de lui, il est trop tard – mon père a refusé la maladie, a refusé la mort, en a voulu à la terre entière, mais je doute que l'on puisse agir autrement (pas chez nous).

Le 26 mai, deux jours avant son admission à Jeanne-Garnier, j'ai reçu un appel de ma mère (encore un) ; mon père, à cause de la maladie, des métastases qui mutent, se déplacent comme les figurines d'un jeu vidéo, perdait la tête, la menaçait. Il était 22 heures, je montais à l'étage de l'Amie qui dormait déjà pour qu'elle m'accompagne, je craignais les colères de mon père, j'avais besoin d'un allié ; en chemin je joignais A pour qu'elle ne s'inquiète pas si je ne répondais pas au téléphone. Malgré la distance qui nous séparait quelques jours dans la semaine, nous étions reliées, sans interruption, il me semblait ne jamais cesser de parler à A, ne rien manquer de sa vie comme elle ne manquait rien de la mienne, la retrouver comme si nous ne nous étions jamais quittées ou si peu, et si je lui défendais de venir me rejoindre car je me sentais contaminée de douleur, de colère, de révolte, je savais que je pouvais compter sur ses pensées, sur son amour. Ses mots me réconfortaient, je lui disais de garder nos souvenirs, de les protéger, moi qui me sentais soudain acculée par le présent et effrayée par l'avenir. L'Amie, qui avait perdu son père, semblait porter une sorte d'immunité, elle savait, connaissait, je ne lui épargnais aucun détail, le regrettant aussitôt malgré ses mots, « tu peux tout me raconter ». Quand je l'avais rencontrée, dans les années 90, l'Amie m'avait tout de suite dit : « Perdre un père c'est perdre une partie de son toit. Si l'on compare la vie à une maison, la mienne est à demi à l'air libre » ; je saisis aujourd'hui le sens de ses mots et je comprends l'image, en effet, il manque déjà quelque chose à ma construction, même si mon père est encore vivant, mais sa mort prochaine, inévitable hélas je crois dresse un nouveau dessin de ma vie et me donne le vertige. Si lui « part », qui va « partir » après ? Comme si une mort en entraînait une autre, ce qui est faux, mais ma culpabilité reste plus grande que la réalité et je sais combien je pourrais me punir de survivre au patriarche, par égocentrisme et par masochisme, l'un n'avançant jamais sans l'autre chez moi.

Mon père était dans la chambre du fond ; par respect, l'Amie est restée dans le salon, elle n'avait pas vu mon père depuis longtemps, j'étais heureuse qu'elle garde l'image d'avant, de l'homme charmant, séducteur qui n'avait pas manqué de me confier à son retour d'Alger au sujet de l'Amie : « Elle m'a connu beau. »

Mon père depuis son lit protestait, je ne comprenais pas tout de suite les motifs de sa colère, il parlait fort, m'en voulait à moi aussi, redressant son corps comme s'il voulait se battre. Ce n'était pas le cas, mais j'ai ressenti de la violence et je l'ai regardé comme si j'étais retombée en enfance en pensant, avec honte, que je ne craignais rien de lui, que le rapport de forces s'était inversé, ce n'était pas le moment, mais je n'ai pas pu m'empêcher de me faire cette réflexion. Je suis restée silencieuse, mon père s'est calmé, il m'a demandé de m'occuper de tous *ces gens* qui étaient autour de son lit, de leur servir quelque chose à boire, je lui faisais la promesse de m'exécuter au plus vite même si nous étions seuls tous les deux dans sa chambre qui devenait une chambre quelque part dans le monde. Je perdais pied, ne savais plus où se trouvait la réalité. La voix, les mots de mon père me propulsant vers un temps qui concernait une petite partie de mon enfance, zone lointaine, reniée.

Chambre 118, une famille est elle aussi au chevet de quelqu'un ; comme nous, ils entrent à plusieurs dans la chambre dès la matinée, certains restent dormir, nous nous partageons les fauteuils pastel lors de l'exercice des soins, nous saluant, à tour de rôle, équipiers polis du voyage en enfer de celui, de celle que nous accompagnons. En sortant de la bibliothèque, un homme se présente à moi : « Je m'appelle Georges. Ma sœur, à la 118, est la voisine de chambre de votre père. Elle a cinquante-deux ans. Cancer du pancréas. » Nous nous serrons dans les bras comme si je retrouvais un ami perdu de vue, nous avons, Georges et moi, une fraternité immédiate, nous sommes à égalité, aussi bien dans le chagrin, dans la tendresse, que dans notre féminité, notre masculinité, je ne ressens aucune gêne malgré notre pudeur, sans nous connaître, nous partageons nos peurs, nos larmes, pour une durée brève mais qui vaut un siècle. Georges est telle une lumière ici, il a plus de soixante ans, il est pilote de ligne à la retraite, quand je lui confie craindre l'avion, il part dans un grand éclat de rire et je ris à mon tour dans l'antre de la maladie et de la mort. Je lui présente ma mère, ma sœur, nous arrivons souvent ensemble le matin, toujours une main sur mon épaule, un sourire, de la force, lui qui perd sa « petite sœur » comme il l'appelle. Il écoute, ne juge pas. Je lui raconte la maladie de mon père en précisant que c'est plus injuste pour sa sœur, les enfants de sa sœur, la mère de Georges que je regarde marcher dans les couloirs de Jeanne-Garnier, sonnée, étourdie, si élégante dans ses tenues, ses tailleurs, si fine qu'elle pourrait vaciller, tomber. Mais elle tient puisque les mourants nous apprennent à tenir envers et contre tout, par amour, par dignité. Oui, c'est plus injuste pour eux même si la maladie, la mort sont toujours injustes, d'ailleurs il ne s'agit pas de justice car il n'est pas question de morale, de bien ou de mal, mais d'expérience de la souffrance extrême du patient, de l'impuissance des siens, de notre soumission aux choses de la vie quand elles deviennent les choses de la mort. Georges dit que nous sommes égaux devant la maladie d'un être cher, que la tristesse est la même. Il me confie l'année de lutte de sa sœur, les opérations, les échecs et son désir qu'il devine mais elle n'a encore rien dit de partir vers Dieu, d'être arrachée à son corps, à la souffrance qu'aucun mot ne parvient à décrire au plus juste. Georges est croyant, il me le répète souvent pour me rassurer quant à la suite du chemin de nos aimés. Sa sœur est consciente, je crois l'avoir entendue un jour crier : « J'ai mal. S'il vous plaît. J'ai mal », voix comme sortie des murs de Jeanne-Garnier qui exprimait peut-être aussi ce que mon père ressent, lui plongé dans son sommeil artificiel qui nous protège sans le protéger : je sais, je sens sa douleur.

Seules les chambres 118 et 119 sont visitées en continu, bruyantes (la nôtre surtout). La femme au regard troué est seule, dans son lit, sur le ventre ; l'homme à la béquille ne se montre plus, un couple âgé vient de temps en temps rendre visite à un ou une patiente (la porte reste close), un bouquet de fleurs et une boîte de chocolats à la main, nous sommes la famille la plus extravertie, la plus indisciplinée, la plus perdue peut-être.

Ici se déroule une action éphémère qui semble pourtant éternelle. Je ne m'imagine pas sans ce lieu, sans cette chambre, sans notre rituel – nous négocions avec le cancer, espérant qu'il nous laisse encore du temps. La conviction de la mort de mon père s'étiole parfois au fur et à mesure de la journée, comme si notre regard s'habituait au visage déformé, à la cage thoracique sans chair, au corps inerte que l'on retourne plusieurs fois par jour parce que la peau s'abîme, s'émiette. Je garde ma main dans la main de mon père. Je replie ses doigts sur les miens. Je reste ainsi, longtemps, comme s'il était à l'initiative de ce geste, comme s'il serrait ma paume pour m'assurer de sa présence.

Avant, je pensais que si mon père restait vivant, nous resterions vivantes, ma mère, ma sœur et moi. Je possédais une vision arriérée de la famille, l'homme en était le chef, le garant, le protecteur – mon père s'en allant, ressurgissent tels des sédiments mes croyances d'un autre temps, sentant en moi quelque chose se défaire, se ruiner. Je vais perdre une moitié de mon histoire que mon père n'a eu ni l'occasion ni l'envie de me raconter, emportant ses secrets sans me les avoir dévoilés.

Dans les années 70, un homme, Seddik, proche de mon père (né dans sa ville, Jijel), s'invitait souvent en pleine nuit dans notre appartement d'Alger. Il me réveillait, je reconnaissais sa voix, sa façon de marcher, ses semelles cliquetaient sur le sol.

Les cheveux plaqués en arrière, la peau pâle, en costume trois pièces ou gilet en laine sur une chemise, chic et mystérieux, appartenant selon moi à une confrérie secrète, un royaume puissant. Mon père le considérait comme un demi-frère, le respectait, le craignait aussi je crois. Sa venue annonçait un événement important.

Tous deux s'enfermaient dans la cuisine, buvaient du café, s'entretenaient jusqu'au petit matin. Je surprenais un soir, cachée derrière la porte, leur conversation, Seddik priait mon père de l'accompagner en politique, il allait devenir ministre des Affaires étrangères, mon père refusait mais promettait de lui rester fidèle, ainsi il participerait, plus tard, à la négociation de la libération des otages américains en Iran.

J'ai retrouvé sur Internet une photographie de la signature des accords, Seddik apparaît au premier plan avec un représentant du gouvernement américain, mon père est en retrait, grandes lunettes fumées et cigarette à la main, il sourit sans sourire, il a un air curieux, satisfait et étonné à la fois.

L'image restera dans la mémoire virtuelle et éternelle de Google tandis que mon père occupera un autre front, celui des nuages, des étoiles, du ciel que je contemplerai les jours de peine ; il aura rejoint Seddik, mort au début des années 80 dans l'explosion de son avion au-dessus de la frontière entre l'Iran et la Turquie avec une délégation algérienne que mon père avait refusé d'accompagner au dernier moment.

Jeanne-Garnier possède une petite chapelle, moderne, en bois clair, des messes y sont prononcées pour les malades, les défunts, les familles. J'y allume un cierge et prie à ma façon.

Je n'ai reçu aucune instruction religieuse, le regrette parfois, mais j'ai éprouvé la sensation de Dieu un jour à l'Assekrem, au refuge du Père de Foucauld ; j'avais senti quelque chose de plus grand, de plus fort que moi, sensation qui ne m'a jamais quittée depuis que je cherche à l'expliquer, à l'exemple de mon père qui disait entretenir une relation particulière avec un Dieu qu'il ne voulait imposer à personne, la religion devait rester silencieuse, secrète, source d'amour non de haine.

Mon père va mourir auprès de nous, son unique famille, disait-il, encore conscient comme s'il était né de nous, pour nous, je ne connais plus sa sœur, ses frères, je ne connais pas mes cousins, mes cousines, mon grand-père est mort jeune, j'ai quelques souvenirs de ma grand-mère algérienne, si peu, des souvenirs tendres, ses baisers, ses mains, ses gâteaux qu'elle nous faisait parvenir par la poste, de Jijel à Alger, l'odeur de la fleur d'oranger, la maison familiale, un jardin intérieur, un citronnier, un rossignol, mais je crois que j'invente, j'ai longtemps gardé la photographie d'un homme dans le maquis en tenue militaire, le prenant pour mon oncle martyr, le frère aîné de mon père porté disparu, je l'ai gardée comme unique trace de l'adolescence de mon père et non pour ce qu'elle représentait et que je trouvais effrayant ; j'ai découvert il y a peu qu'il ne s'agissait pas de mon oncle, mais d'un inconnu.

Dans la chapelle, une femme me dit qu'elle va prier pour mon père et que si nous avons besoin d'un aumônier, elle se tient à ma disposition ; quand je lui dis que mon père n'est pas catholique, elle me répond que Jeanne-Garnier est en relation avec des imams, je la remercie, je lui dis que je suis très touchée par son attention, mais que mon père n'a formulé aucun souhait en ce sens et que je respecte sa volonté. Mon père reste un cavalier solitaire, sa mère, à son sujet, disait « il est né en colère », ma mère a ajouté hier « il va mourir en colère » et moi je pense que mon père meurt de colère depuis longtemps, colère d'un homme qui a attendu, espéré, rêvé, colère d'un homme déçu, colère d'un homme malade enfin, colère de ne plus pouvoir plonger des rochers, de sentir le soleil sur sa peau, de marcher, de lire, de chanter, de danser, colère d'avoir perdu sa jeunesse, sa force, sa santé, colère de ne pas avoir pu rester chez lui pour s'éteindre.

Il n'y a rien de plus intime que l'agonie – agonie d'un corps que nous regardons, attendons, scrutons, un corps nu, sans défense, livré aux médecins, aux infirmiers, un corps immobile quand nous sommes en mouvement, de sa chambre au dehors et du dehors à sa chambre, mon père est pris au piège, il ne pensait pas mourir de sitôt. Je le comprends, dans la chapelle, quand je prie avec mes mots une Sainte Vierge au visage penché. Mon père visait une forme d'éternité terrestre : « J'irai au moins jusqu'à cent ans. » Moi aussi je penche mon visage, le poids de la douleur sur mes épaules, la haine du monde des autres dans mon cœur puisque ce monde ne s'arrêtera pas, n'attendra pas mon père.

La chambre de la sœur de Georges est ouverte, la télévision est allumée, le son est fort, j'entends les chants d'une messe en latin. Quel est mon Dieu à moi ? Vers quelle force me tourner ? Quelle main invisible saisir puisque je perds celui qui

m'enseignait les mathématiques, l'alphabet arabe,

le crawl et la nage papillon,

le ballon sur la tranche du pied pour la vrille,

fabriquait mes cannes à pêche avec des roseaux,

m'emmenait au marché,

m'encourageait au club tennis d'Hydra,

me comptait parmi les siens, les hommes et les garçons du quartier,

disait de la baie d'Alger depuis notre balcon « tu grandis ici, mais on te reconnaîtra ailleurs »,

et « je suis né le cœur déjà pris » en raison d'un grain de beauté sous son alliance,

m'ordonnait d'être la première en tout car même le second est un perdant,

rapportait des États-Unis les disques de Boney M. et de Donna Summer,

prenait ma défense : « Sa féminité est particulière et nous devons la respecter »,

et m'offrait mon premier parfum, La Nuit de Paco Rabanne, parce que son nom lui faisait penser à la liberté.

Je surprends parfois les médecins, les soignants derrière la vitre d'un bureau où toutes les informations, je l'imagine, sont centralisées : s'y décrètent les protocoles, le choix des médicaments, l'augmentation des doses, s'y opèrent des choix non des stratégies puisqu'il n'y a plus aucune stratégie concernant les patients du Sacré-Cœur à part celle d'éviter au maximum la douleur. Je me demande comment chacun d'entre eux procède avec la maladie, la mort de ceux qu'ils escortent, soulagent, je me demande s'ils s'attachent ou non, s'énervent ou non. La médecin-cheffe a pris un jour ma nièce pour ma fille, je lui ai répondu « ah non, moi je n'ai pas d'enfant », je me demande ce qu'elle a pensé de ma réponse, j'avais l'air de me défendre de quelque chose, comme si le fait de ne pas être parent était à la fois une gêne et une fierté, comme s'il fallait qu'elle sache de quelle nature j'étais constituée, une femme de la cinquantaine sans descendance naturelle puisque je choisirai un jour la personne qui devra perpétuer la mémoire de mes livres, une tutrice amicale ou amoureuse, bienveillante et protectrice puisque les morts une fois morts ne peuvent plus se protéger, comme s'il me fallait me démarquer. Mais pourquoi au juste ? Passer du temps ici me rend agressive, j'ai pris la colère de mon père, j'en ai assez de sourire, d'être polie, rien ne me semble normal, tout est doux d'apparence mais tout est épouvantable en fait, mon père va mourir, quelqu'un prendra sa place, sa chambre, son lit, pour mourir à son tour et ainsi de suite, nous partirons avec notre sac de peine comme un sac de cailloux mais eux, ceux qui restent, soulagent, accompagnent, reviennent toujours au lieu de la mort, pour cette raison je les remercie, tous les jours, c'est trop je crois, mais une vie passée parmi tant de morts est une vie héroïque, tous mes mercis ne seront jamais suffisants.

Mon père sent bon après les soins, sa peau est hydratée, huilée, son visage rasé de près, ses cheveux coiffés, il ne porte plus de tee-shirt mais une blouse blanche à motif bleu, blouse des hôpitaux de Paris, légère et ouverte dans le dos, mon père si pudique est maintenant assisté, aidé, son corps n'a plus de secret pour les saints et les saintes qui s'occupent de lui et s'attellent à garder sa beauté, à nous le rendre présentable, propre, frais comme s'il allait bientôt se réveiller, se lever, nous embrasser et repartir vers la vie, nous vivons un cauchemar et nous le regardons vivre son cauchemar à lui, c'est le plus dur je trouve, notre conscience quand lui ne sait pas, mais je crois qu'il sait et cette croyance m'accable, que doit-il penser, ressentir, je suis certaine qu'il a peur, mon père ne craignait pas de sauver les autres mais il avait peur de sa propre mort, il en était terrifié comme moi enfant quand je me représentais le vide, le néant, que je le rejoignais au salon, mon père travaillait tard, et que je lui confiais mon effroi ; il avait eu un soir ces mots, une formule magique : « Tu es trop jeune pour avoir des angoisses existentielles. » Je ne comprenais pas le sens d'Existentiel, mais le mot m'éblouissait, rejoignant mon « almanach poétique », carnet dans lequel je notais les mots, les expressions dont la consonance me plaisait sans en chercher la définition, Métaphysique, Cosmogonie, Évanescence, Métamorphose, noter me donnait une forme d'importance, je me sentais plus intelligente que les autres, ce n'était pas le cas, je me réfugiais dans l'ignorance, elle me protégeait – ne pas comprendre revenant à ne pas savoir et ne pas savoir revenant à ne pas se représenter dans le futur, cela m'arrangeait. Mon père avait eu aussi cette phrase en réponse à mon angoisse : « de toutes les façons, si cela doit arriver, la mort, ce sera dans très très longtemps » ; nous y étions dans ce très très longtemps, qui dans ma tendre enfance était un espace-temps qui n'existait pas, qui me semblait si lointain, impossible, un temps qui ne concernait aucun d'entre nous. Je marchais dans ce temps, me débattant avec ma conscience, avais-je assez « profité » de mon père ces dernières années ? Était-il certain de mon amour ? Lui avais-je fait du tort en raison de mon homosexualité ? En avait-il honte ?

Mon père avait refusé de nous écrire une lettre quand ma mère, maladroite (il lui en avait voulu et s'était fâché), le lui avait demandé quelques mois avant Jeanne-Garnier ; nous écrire signifiait écrire avant de mourir et, j'en reste persuadée, mon père, même ici, les premiers jours, gardait l'espoir d'une rémission, d'un retournement des choses à son avantage, il jouait aux courses, au Loto, aux machines à sous, la chance même si elle s'en allait finissait par revenir vers celui qui avait misé.

J'ai parfois l'impression de me sauver quand je sors de Jeanne-Garnier, de courir vers la vie, le plus vite possible, de m'arracher à des « griffes », je m'en veux de penser ainsi. Au début du « séjour » de mon père je ne voulais pas le quitter, désirant rester le plus longtemps possible avant la nuit, mais peut-être que c'est lui qui me quitte maintenant, qui me pousse hors de la maison médicale, qui m'encourage à embrasser ma vie comme je l'embrassais avant son agonie, à retrouver A par téléphone, à lui raconter ma journée, mais aussi à lui murmurer, lui affirmer mon amour et mon désir même s'il pourrait paraître déplacé d'évoquer l'amour et le désir en ces circonstances, et pourtant l'amour, le désir restent nos seules réponses, nos seuls abris. Je cours dans les rues de Paris, mon visage enfoui sous les cheveux d'A, mes mains à sa taille, ses baisers sur ma peau, je cours pour me sauver, sans me retourner, je cours parce que je ne peux vivre sans amour, sans douceur, sans tendresse, je cours parce que j'ai besoin de me sentir vivante et d'exister, je cours vers l'Amie qui m'attend comme chaque soir depuis le 28 mai, reportant ses rendez-vous et qui va recevoir ma parole chaotique, qui va l'entendre, la prendre, la réparer, qui va encore me donner de la force pour affronter l'inconnu puisque le pire est à venir, je le répète, encore et encore. Je ne sais pas, non, je ne sais pas ce que déclenche la mort d'un père, je ne sais pas si je vais me briser, me tordre, ou grandir, m'élever, je sais que je vais devenir une autre personne, que je vais changer, j'espère être meilleure, progresser, j'espère ne jamais perdre ma douceur et mon étonnement sur le monde, j'espère que je saurai remplacer ce qui va désormais me manquer, la partie du toit envolée, les tuiles et la cheminée, je vais reconstruire quelque chose d'autre, il n'y aura pas de père d'adoption bien sûr, il y aura une force nouvelle et inconnue parce que je ne veux pas tomber, je ne veux pas m'égarer, je ne veux pas que la violence, la colère emportent celle que je suis, moi douée pour la joie, comment poursuivre sans celui qui m'écrivait encore il y a quelques semaines : « Tu étais la plus belle et la plus intelligente » (faux) après une émission de télévision de variétés dans laquelle je me sentais perdue, le corps tout petit dans un studio gigantesque, si inquiète pour mon père très malade, feignant de sourire alors que j'avais envie de pleurer, répondant à côté des questions que l'on me posait, bafouillant à la lecture d'un texte que j'avais choisi parce que je n'étais pas présente, pas concentrée, ailleurs, partie, évaporée. Est-ce que les filles peuvent bien vivre sans le regard de leur père ? Est-ce que seuls les pères parviennent à sécher les larmes, à consoler les cœurs meurtris ? Est-ce que l'on peut vivre, même adulte, sans la présence, le regard, les conseils de son père, lui qui s'inquiète tant pour moi, menant son enquête dès que je sors un livre, déplaçant les piles ou changeant l'ordre d'un présentoir pour me mettre en avant ; si les caméras de surveillance possèdent une mémoire, je me demande combien de fois en trente ans cet homme en pardessus noir ou beige et grande écharpe sera apparu, réagençant à mon avantage l'ordre des librairies, des grandes enseignes.

Pourrais-je dire qu'il est le seul homme dans ma vie ? Non. Pourrais-je dire qu'il est celui dont je suis le plus proche ? Oui, moi qui évolue, m'épanouis dans un gynécée choisi, fort et tendre. Je vais perdre mon père, je vais perdre un homme qui représente, peut-être, tous les hommes pour moi – la voix, les épaules, la façon de marcher, de fumer, de conduire une voiture, de penser le monde, de s'y inscrire, de le commenter, de s'inquiéter des révolutions, de s'en féliciter, de se vêtir, de se nourrir, de regarder les femmes et d'amuser les enfants. Il reste mon référent masculin, celui que j'ai singé enfant, qui m'accompagne adulte, m'apprenant très jeune dès la parution de mon premier livre, à organiser mes idées, à être la plus claire possible quand tout en moi était obscur.

Mon père fut un tribun, ses mots justes, son discours structuré. Prenant la parole pour défendre les plus fragiles je poursuis son œuvre de mots qui à présent lui est dédiée. Et quand il ne sera plus là, je sais que je retrouverai des signes de lui chez mes presque frères François et Éric, chez mon ami Julien puisqu'il existe un pays des hommes qui parfois s'amarre avec délicatesse au pays des femmes, tous deux se reconnaissant, s'éclairant.

Avant de gagner les Invalides les pieds en sang et comme tenue par les murs, les avenues, les rangées d'arbres, ayant échangé les « bras » d'Alger contre ceux de Paris, capitale de mon bonheur, et en ces jours de détresse une petite femme âgée me demande de l'aider à traverser ; c'est à moi qu'elle demande, à moi seule, comme si la peine circulait d'être en être, orientait vers celui qui sait, reconnaît et saura prendre soin, s'arrêter. La petite femme agrippe mon épaule, si maigre, un coup de vent pourrait la renverser, elle me lâche, le passage piéton passé ; je la surveille, attends de la voir franchir le seuil de son immeuble comme si je la connaissais depuis toujours ou comme si elle annonçait une image future de ma mère, l'épouse sans l'époux, l'amoureuse sans l'amour.

Sur l'asphalte un tag « I love You papa » entouré d'un cœur me rappelle que la fête des pères aura bientôt lieu, je l'avais oublié, si je devais consulter un calendrier je n'y verrais que des cases vides, sans date, la prochaine saison est morte avant d'être née, il me faudra beaucoup de force pour l'occuper, la faire vivre, la ressusciter comme il me semble faire tant d'effort en passant la Seine pour faire revivre mes souvenirs avec Hélène qui appartient à une mémoire interdite car effrayante, ne sachant alors de quoi l'amour retournait, acceptant d'être rejetée et reprise car il me fallait vivre une histoire à tout prix. J'y voyais mon salut et l'unique manière de m'affranchir de l'hétérosexualité de façade que j'affichais dans ma famille, à l'université. Par un système étrange, système de dupe, plus Hélène me repoussait, m'humiliait, plus je me sentais fière de celle que j'étais, engagée dans une romance qui n'en était pas une, j'inventais des sentiments pour deux, je construisais une aventure sur du vide, je campais un personnage, Hélène, qui n'existait pas comme elle existait, je l'idéalisais. Elle était mon amoureuse, j'étais son sujet, lui téléphonant plusieurs fois par jour, sonnant à sa porte quand elle ne me rappelait pas, sans ego, sans honneur, elle seule décidait du jour et de l'heure de nos rendez-vous qu'elle annulait au dernier moment, acceptant mes avances puis les reniant, passant des nuits avec moi sans le mentionner à ses amis qui me trouvaient trop jeune, trop collante, trop envahissante. Hélène me présentait comme une « relation » de passage, en attendant mieux : pas une femme plutôt un homme, elle désirait un enfant. Le temps passait vite, trente-quatre ans déjà. Mais moi je ne pouvais pas comprendre, j'étais à peine majeure, l'avenir s'ouvrait à moi tandis que je trouvais qu'il se refermait quand je n'étais pas près d'elle ; sans le savoir Hélène aura galvanisé mes ambitions, j'écrivais les jours où je ne la voyais pas, faisant le serment que je serais publiée, que l'écriture était le feu de ma vie, serment dont elle se moquait puisque toutes « les jeunes filles en fleur écrivent, elles ont du temps pour cela, pas moi » ; tant d'effort pour me souvenir alors que mon père se meurt de cette première histoire qui fut un leurre mais qui a bien existé, en rez-de-chaussée avec jardin d'un immeuble moderne du quartier Nation que je rejoignais par RER sans le dire à personne, tard dans la nuit, n'ayant peur de rien puisque mon amour à sens unique me protégeait. Je vivais mal mais je vivais quelque chose, m'incarnais bien plus que les élèves de ma classe de philosophie de l'Institut catholique de Paris, expérimentant ce que l'on nous enseignait, la morale et la question du bonheur, la charité et l'impossibilité à saisir le temps. Parfois Hélène disait qu'elle aurait pu m'aimer si je n'avais pas eu ce regard aussi triste qui « la plombait ». Je parvenais à la reconquérir, quand, forcée, je me rendais deux fois l'an chez mes parents qui vivaient encore dans le Golfe, elle m'imaginait perdue dans le désert, se référant au film *Harem* avec Nastassja Kinski qui lui faisait penser à moi en beaucoup plus mince et plus jolie que je ne l'étais à son avis. Je ne l'appelais pas durant mes deux semaines de vacances, les liaisons téléphoniques coûtaient cher, et lui rapportais d'un souk des bagues indiennes avec de fausses pierres, une petite boîte nacrée contenant du sable que j'avais ramassé sur une plage artificielle en lui faisant croire qu'il provenait du désert qui me tenait prisonnière.

Tant d'effort encore pour me souvenir des disques de New Order, de Simple Minds, de Kraftwerk qu'elle rapportait de ses voyages avec ses *boys* à Londres et qu'elle me faisait écouter en scrutant mon visage qui tardait à vieillir, me reprochait-elle ; il m'arrivait de l'attendre dans le hall de l'entreprise d'informatique qui l'employait, on devait me prendre pour une jeune cousine ou une stagiaire qu'elle formerait. Je parvenais parfois à la séduire en lui *racontant* (le bonimenteur) Platon, saint Augustin, Aristote – malgré mes piètres résultats, je possédais une mémoire photographique des textes que je survolais. Se déposait en moi un savoir qui me servirait plus longtemps que je ne le croyais alors. En échange Hélène m'emmenait dans des bars réservés aux hommes, Le Quetzal, Le Broad, La Luna à condition de ne pas l'embrasser en public – si la honte de l'un est une expérience pour l'autre, je faisais, en sa compagnie, des pas de géant.

Demandant à mon père si je pouvais inviter Hélène dans le Golfe, il m'avait répondu : « Ici, chaque étranger est soumis à une enquête avant de venir. Je suppose que tu n'aimerais pas que l'on apprenne des choses que tu ignores au sujet de *ta copine* ? »

Hélène ne m'avait pas crue le jour où je lui annonçai que le livre que j'avais écrit pendant notre (fausse) histoire serait publié, livre qui contenait, moi seule le savais, la violence de notre pseudo-idylle et l'abnégation dont j'avais fait preuve. Quand elle m'avait vue à la télévision, elle m'avait reproché d'avoir eu les mains qui tremblaient.

Un an plus tard, l'un de ses amis, le plus moqueur, le plus cruel, qui un soir au Rex serra mon visage fort entre ses mains au point de me faire pleurer, croisé dans la rue à un arrêt d'autobus, m'administra une dernière petite correction : « J'ai volé ton roman à la Fnac. »

Après Jeanne-Garnier, quand je longe, rue de Rivoli, les murs du Louvre je pense aux corps du Caravage aux chairs blessées, je pense aux tableaux de naufrage, d'Apocalypse, de sacrifice, je pense aux idoles momifiées, avec leurs bijoux, leurs emblèmes, leurs armes, je pense au Christ de Mantegna, *La Lamentation*, à Milan, je pense aux dessins gravés sur les pierres romaines de Tipaza, je pense aux scènes de chasse, de combat sur les parois des grottes du Tassili n'Ajjer, je pense à la *Pietà* à Rome qui porte contre sa poitrine son enfant, je pense au fronton du Parthénon, je pense à tout ce qui reste, restera, traversera les années, les siècles, quand nous, d'os, de chair et de sang disparaîtrons.

Dans la nuit, je retrace ma géographie amoureuse avec A, récitant telle une prière la liste des lieux qui nous ont abritées et dissipant ainsi les ombres qui m'accablent. Certains endroits doivent échapper à ma mémoire, en tous les cas je retiens ceux-là, pour leur puissance, pour nos rendez-vous, notre vie chanceuse – Paris, Aix, Marseille, Lourmarin, Venise, Lecce, Gagliano del Capo, les Sanguinaires, Ajaccio, Porticcio, les Alpilles, Cassis, Saint-Rémy-de-Provence, Saint-Tropez, Saint-Raphaël, Naples, Ischia, Sant'Angelo, nos voyages dans le sud de la France, de l'Italie m'auront rapprochée de l'Algérie de mon enfance, de ses rivages, de sa végétation, puis ils m'auront aidée à m'affranchir d'une terre longtemps regrettée dont les portes imaginaires vont bientôt se fermer avec la mort de mon père.

À Ischia, nous descendions un escalier qui menait à la mer. Se tenaient sur une bande étroite de ciment quelques transats, des parasols ; une échelle métallique donnait accès à l'eau, ni A ni moi n'en faisions usage, préférant nous jeter depuis la berge comme si le lieu était vierge, non aménagé pour des baigneurs à l'exemple de la bordure de rochers du chemin des douaniers, du Cap Martin à Menton, depuis laquelle je plongeais avec l'Amie sans nous soucier du courant qui aurait pu nous emporter ou d'un voleur qui aurait pu ravir nos vêtements.

Plonger me ramène à ce qu'il y a de plus primitif en moi, à une ébullition, un bonheur suprême, que ce soit la mer, le lac, la rivière, mon corps est autant un corps qui marche qu'un corps qui nage comme l'était le corps de mon père dont je possède trois photographies en noir et blanc. L'auteur a capturé les trois phases d'un plongeon depuis un ponton de Jijel. Les images mises côte à côte font penser au début d'un film qui n'aurait pas de fin.

La médecin-cheffe sort de son bureau car elle désire me parler : « Des signes avant-coureurs nous font penser que la mort de votre père est imminente ; je suis si désolée de vous demander cela, mais il faudrait penser à une tenue. Je l'ai déjà annoncé à madame votre mère. » Je ne sais pas de quels signes il s'agit, je fais l'étonnée, mais au fond de moi je sais que c'est la fin, pourtant je m'en défends, je dis à la médecin-cheffe que je ne comprends pas, mon père semble réagir, bouger un peu et surtout il lève ses bras vers le ciel comme s'il voulait nous montrer quelque chose ou se hisser hors de son lit, vraiment, elle doit me croire, je le remarque de plus en plus souvent, il est moins inerte, presque agité, la médecin-cheffe me répond que ce sont des gestes réflexes ou peut-être l'expression d'une dernière énergie indépendante du reste du corps, des organes, mais elle n'en est pas certaine, la médecine ne peut pas tout expliquer, elle se heurte, elle aussi, à des énigmes ; quand mon père lève ses bras, je crois voir deux baguettes de tambour et je me dis qu'il veut faire du bruit, de la musique, se faire entendre, il veut peut-être nous dire qu'il n'est plus en colère et que notre amour le porte, le soigne, que cet amour est bien plus fort que la maladie, bien plus fort que la mort, mais je sais que je me mens à moi-même, nul mot ne sera prononcé.

Il y a deux jours, seule dans la chambre avec lui, fixant mon père, j'ai cru voir sortir de son crâne une sorte de flammèche jaune qui s'envolait en tournant, cela m'a fait penser à la lampe d'Aladin ; quelque chose avait quitté le corps de mon père, sa peau n'avait plus la même couleur, ses yeux ne roulaient plus sous ses paupières, il respirait encore, de plus en plus mal, mais j'avais l'impression que quelqu'un respirait à sa place, sa main dans la mienne était chaude, il n'avait plus froid, son rictus avait disparu, je pourrais presque dire qu'il souriait mais d'un sourire inhabituel, que je ne lui connaissais pas.

Ma mère est déjà partie à l'appartement chercher la « tenue ». Ma pauvre petite maman, me dis-je, à quoi doit-elle penser sur le chemin de sa demeure vide, les soixante ans sont passés à la vitesse de l'éclair, la vie semble si fine, quelques voyages, quelques amours, quelques rêves, des fêtes, des regrets, des petits bonheurs, des espérances, un peu d'ennui, de la tristesse, quelques surprises, du travail, du sommeil, des bords de mer, des vacances à la montagne, de la littérature, du théâtre, du cinéma, le cœur du monde puis la lisière du monde, le temps qui passe, le corps qui ploie, un peu au début, puis de plus en plus, le dos, les genoux, les poignets, le cœur, la vessie, les reins, le cancer, l'hôpital, la palliation, la tenue de mort pour retrouver l'aisance du passé, dans le plus beau costume, la plus belle chemise, avec la plus belle cravate.

Je me rends à la chapelle, j'ai appris par cœur *Je vous salue Marie*. Je prie, mais je ne prie pas pour que mon père ne souffre pas, ou qu'il repose bientôt en paix, je prie pour qu'il ne meure pas, pour qu'il se réveille, se redresse, nous parle ; je ne suis pas raisonnable, ne le serai jamais. En quittant la chapelle j'aperçois l'aumônier sortir de la chambre de la sœur de Georges, il semble glisser au-dessus du sol. Dans son sillage : sa longue robe noire et le tintement de ses colliers.

Je regarde par le hublot, ma sœur est au chevet de mon père, elle embrasse son front comme elle a l'habitude de le faire depuis le début, « tu peux l'embrasser toi aussi tu sais », je ne peux pas non, ce n'est pas possible, je crains de lui faire mal et en plus il ne pourrait pas rendre mon baiser, l'embrasser ainsi ne me semble pas *fairplay* pour ma part, c'est encore lui voler une tendresse qu'il ne veut plus ou ne peut plus donner. Je comprends ce qu'il a ressenti, les premiers jours ici, nous autour de son lit, et cela devait être insupportable de nous regarder, de ne pouvoir se lever ou si peu et surtout de ne plus pouvoir s'en aller et puis ce torrent de peine, nos visages tristes, le poids du malheur. « Vos têtes de guigne » et « Vous me portez la chkoumoune », a-t-il dû penser.

Une main sur mon épaule, je me retourne, Georges mon cher Georges qui a pleuré je le vois à ses yeux, mais qui me sourit et dit « ma sœur ne veut plus lutter », elle en a assez, elle n'y arrive plus, de toutes les façons cela ne sert à rien, un jour de plus, un jour de moins, le ciel ne l'attendra pas plus longtemps. Sa sœur est prête, l'aumônier le sait, il a écouté, il a entendu ; je dis à Georges pour « la tenue », je lui demande, idiote que je suis, ce qu'il en pense, ce que cela signifie, s'il y a une chance que mon père ne porte pas son costume ou qu'il puisse se vêtir tout seul, se parfumer, ramasser ses affaires et faire ses adieux au personnel, chacun son tour, en le remerciant pour tout ; ils ont fait du bon travail, un miracle même puisqu'une voiture l'attend, ce n'est pas une ambulance, encore moins un corbillard, non, non, une vraie voiture, avec un vrai chauffeur de taxi qui va le ramener chez lui, dans son costume du dimanche puisqu'il n'avait que celui-là pour sortir, saluer le grand jour, la grande lumière, les cerisiers du Jardin des plantes sous lesquels il aimait s'asseoir et regarder la vie passer. Chez lui il se changera, lira les journaux, il ne sait plus rien du monde, de la guerre, de la politique, en quelques jours tant de choses peuvent arriver, il déteste manquer un événement, il veut tout savoir, il reprendra sa dernière martingale pour le prix de Diane, le 3 et le 11 sont favoris, il a des chances de gagner, il aura choisi un polo blanc et l'un des chinos que je lui avais achetés pour se rendre à la « Mouffe » acheter des fruits, des légumes, une bonne baguette parce que le pain c'est important, comme le vin, comme l'amour, comme l'été qui s'annonce, comme sa famille qu'il ne veut pas abandonner parce que sans lui elle ne saura pas comment faire, comment se tenir, et peut-être qu'il regagnera une dernière fois Alger. Pour l'appartement, il a trouvé quelqu'un, ce sera vite réglé, il faut savoir lâcher, laisser le passé au passé, lui est un homme d'avenir, d'ailleurs l'avenir lui ouvre les bras – mais bien sûr je ne dis rien de tout cela à Georges qui s'éloigne de moi : « On va sortir le lit de ma sœur dans le jardin. »

Depuis la fenêtre de la chambre de mon père, je vois les arbres, une part du ciel tente de se faufiler entre les feuilles, il y a peu de lumière malgré une (encore) belle journée de printemps ; je porte des vêtements trop chauds pour moi, un blazer en laine à rayures que m'avait offert A au début de notre rencontre ; ainsi elle est sur ma peau, avec moi, contre moi, me protégeant à distance, gardienne de nos souvenirs et celui surtout, je crois, de mon être « premier », celle de la femme qu'elle a rencontrée, séduite, cette femme qui me semblait entière, moi qui me sens maintenant morcelée, partagée, tiraillée, entre le désir d'une accélération des choses et celui que rien n'advienne, que tout reste ainsi, figé, chambre 119 autour du lit du Père comme une scène sacrificielle, religieuse, nous ses fidèles le pleurant, le veillant, lui déjà ailleurs, absent.

A m'avait contactée parce que son agence d'architecture allait peut-être s'engager dans la rénovation de la pêcherie du port d'Alger ; A avait en sa possession mes romans et un livre de photographies urbaines que j'avais préfacé et me proposait une collaboration, *Écrits et Édifices* ; le projet de la pêcherie n'avait pas abouti, travailler en Algérie restait une aventure, encore aujourd'hui, mais il avait amorcé une correspondance que ni A ni moi ne voulions abandonner ; nous nous étions rencontrées « instruites » d'un pré-savoir de l'amour qui allait nous porter, qui nous porte encore, comme si un chemin avait été tracé avant que nous nous y engagions ; nous étions comme attendues par nos reflets, pré-savoir qui expliquait notre aisance à nous aimer, notre volonté absolue, acharnée à nous réconcilier dès que l'on se disputait.

A m'avait appris qu'il existait au large de son île corse un endroit nommé Cavallo ; au large de la ville natale de mon père, un îlot portait lui aussi le nom de Cavallo ; vérifiant sur une carte, je constatais que les deux endroits étaient alignés de part et d'autre de la Méditerranée, formant une incroyable symétrie que je prenais pour un signe, notre histoire serait équilibrée, tenant sur l'axe Paris-Aix et Aix-Paris, deux territoires miroirs qui finissaient par se confondre malgré leurs différences.

L'agonie rend le temps élastique, j'ai le sentiment de ne pas avoir vu depuis très longtemps A et pourtant, il y a quelques jours encore, je faisais des courses au Monoprix du cours Mirabeau, passais devant le cinéma Cézanne, descendais la rue du Quatre-Septembre avant de rejoindre son grand boulevard adjacent. Je m'arrêtais, une quinzaine de voitures klaxonnaient, des femmes et des hommes assis sur le rebord des bolides, la musique chaabi retentissant dans la petite ville de Provence où l'on venait de célébrer un mariage, un enfant brandissant un drapeau algérien sous les youyous de sa mère, de ses tantes, de ses sœurs ; médusée, je les regardais passer sans m'apercevoir que je pleurais.

Ma mère a choisi un costume noir, une cravate en soie bleu marine à fines lignes rouge foncé, une paire de chaussures à lacets, mais je ne sais pas si l'on chausse les morts et je ne demande pas, je ne dis rien, je la regarde ouvrir une petite valise, ses gestes sont appliqués, elle vient d'accomplir l'acte le plus difficile de son existence en allant choisir dans l'armoire de mon père, à l'appartement, sa dernière tenue ; la mort, si elle est une personne, a l'assurance d'être attendue et bientôt reçue. Choisir la tenue, le costume, c'est admettre la défaite, de la médecine, du corps, c'est se représenter la vie sans celui que l'on a aimé, choyé, accompagné, attendu, et si je ne surprends jamais ma mère en train de s'effondrer, je sais combien il lui aura fallu de courage pour passer en revue les costumes, les chemises, les cravates de mon père, combien il a dû être atroce de choisir un tricot de peau (comme il les appelait et aimait en porter), un caleçon, des chaussettes, comme il est inhumain de « construire » une tenue du jour de la mort, une sorte de panoplie en fin de compte puisque rien ne restera du costume, de la chemise, de la cravate. Longtemps j'ai gardé un porte-cartes en cuir qui a appartenu à mon père, y est imprimée son identité, sa fonction, un tampon officiel traversé par deux barres à l'encre, une rouge, une verte en référence aux couleurs du drapeau algérien, sorte de carte d'identité que mon père présentait en cas de contrôle routier, recevant aussitôt un salut (militaire) du policier, quand il venait nous chercher à l'aéroport. Elle lui permettait de nous attendre sur le tarmac, je l'apercevais de mon hublot, fumant, discutant avec le commissaire du lieu puis au pied de la passerelle, agitant sa main dans notre direction. J'étais fière de mon père, faisant mon intéressante auprès des autres passagers.

Longtemps j'ai pensé que ce porte-cartes en ma possession était une protection, qu'il n'arriverait rien à mon père tant que je le garderais, dans une boîte, un portefeuille, le tiroir d'un bureau. Je ne l'ai jamais perdu, égaré. Les années passant, j'avais l'idée triste de le glisser un jour dans la poche du pantalon qu'il porterait sur son lit de mort ou dans celle de sa veste. Depuis que ce jour menace, j'ai changé d'avis. Je garde le porte-cartes comme la preuve irréfutable de la force de mon père, force qu'il m'a transmise et dont je compte me servir pour avancer, continuer, rester digne.

Si j'ai dit que je n'avais pas vu ma mère jusque-là s'effondrer, retenant ses larmes devant nous, m'en étonnant parfois, je suppose qu'elle pleure en cachette, comme moi, loin de celui qui ne doit pas ressentir notre angoisse puisque la sienne est très grande ou tout du moins je l'imagine quand l'un de ses masseurs déclare : « Nous ne savons pas si c'est à cause de la douleur ou de la peur, mais une partie entière du corps de votre père, la partie gauche, est bloquée, crispée à l'extrême. » Ou peut-être que mon père n'a pas peur après tout, peut-être qu'il est en compagnie de tous ces *gens* de la dernière fois, dans la chambre de son appartement, peut-être qu'ils l'escortent, le rassurent, l'attendent et « l'emporteront » quand ils auront fini leur discussion d'outre-tombe.

Ma tante m'a confié que ma grand-mère française, avant de mourir dans le petit salon bleu de la maison de l'avenue de Grignan à Rennes, avait regardé autour d'elle, salué, souri à des présences invisibles ou non visibles par les bien portants, puis s'était éteinte, apaisée. Ou peut-être que mon père est seul, sans poltergeist, sans revenant, et qu'il lutte de toutes ses forces pour rester avec nous, sa seule famille comme il disait pour nous attendrir avant de partir en voyage et il nous attendrissait. Parfois il disait aussi « j'ai l'impression que vous ne m'aimez pas » par jeu, par provocation. Avant sa grande maladie mon père aimait les démonstrations, les preuves d'amour. Depuis peu il s'en méfiait. « Pourquoi vient-elle aussi souvent à la maison ? Je vais mourir ? », avait-il dit à mon sujet et : « Oui c'est ça, tu m'aimes, allez va, on vous appellera » avant de refermer la porte un jour quand je le quittais, phrase, peut-être, que tous les hommes qui se savent en danger lancent aux femmes auxquelles ils tiennent puisque mon ancien éditeur, un jour de juillet, malade, affaibli, me dit après un déjeuner quartier Montholon, avant de nous séparer : « Ciao bella, on t'appellera, comme on dit. »

Ma mère range, sur un cintre, dans l'armoire-penderie de la chambre 119, le costume de mon père puis l'étreint, comme si c'était lui, comme s'il était à l'intérieur du vêtement, incarné, vertical. Cette image ne me quittera plus, elle est la plus cruelle de notre « expérience » à la maison Jeanne-Garnier. Je saisis ma mère par les épaules, la serre contre moi, tout son amour est en dedans d'elle, retourné, cadenassé, promis à celui à qui elle a juré fidélité un matin de 1962.

Je descends dans le jardin, évitant par respect Georges, sa sœur que l'on a installée entre l'ombre et la lumière ; je me dirige vers la petite porte fermée. Le patient américain au Kaposi lit seul sur un banc, je me demande pourquoi il a réveillé mes souvenirs d'Hélène, liaison de passage qui aura marqué ma jeunesse non en raison de sa personnalité mais parce qu'elle se trouvait, malgré elle, dans l'espace « mental » de mon écriture, espace qui allait définir, agiter ma vie.

Mon père était à mes côtés en juin 1990 quand je reçus une lettre de Mme Peccia m'avertissant que mon livre, envoyé par la poste, avait attiré son attention et celle des éditeurs qui travaillaient à ses côtés. Il était encore là quand elle me téléphona pour m'avertir que je passais avec succès le premier tour du comité de lecture et qu'elle me rappellerait à l'issue du deuxième puis du troisième. Chaque vendredi qui a suivi, jour de « l'appel providentiel » comme je l'avais surnommé, nous nous tenions mon père et moi dès quinze heures près du téléphone ; dès que je raccrochais je sautais à son cou, nous avions gagné. Je dis « nous » parce que je voulais sauver mon père de son chagrin, et je le sauverai, un temps, mon livre rencontrant le succès. Mon père était là parce qu'il était rentré du Golfe, il avait perdu son poste, l'Algérie entrait dans sa « décennie noire », décennie de massacre, d'assassinat, de terreur, d'attentat ; mon père se retrouvait sans travail attendant des jours entiers son « appel providentiel » qui ne viendrait jamais, sa carrière s'arrêtait, il n'exprimait aucun regret, estimait avoir déjà beaucoup donné, nuit et jour, pour son pays qu'il aimait, qu'il avait servi, qu'il avait dû quitter pour ma mère qui ne pouvait plus y résider, malade et convaincue en 1981 d'une guerre à venir, un « bain de sang », avait-elle martelé quand je lui reprochais de m'arracher à mon environnement. Elle ne s'était pas trompée tout en détournant la trajectoire de mon père ; à la fin de sa vie il le lui reprocherait.

Mon père se sentait oublié, abandonné, en parlait rarement, se rendait à Alger, revenait puis ne s'exprimait plus vraiment sur ce qu'il ressentait.

Il avait perdu des amis, suicidés ou assassinés, il avait de la chance, ne devait pas se plaindre ; il ne parlait pas non plus des heures passées dans ce fauteuil vert en osier, près de la fenêtre qu'il laissait ouverte de nuit comme de jour car il fumait, réfléchissait, cigarette après cigarette, à un moyen de se retourner, de réagir, cinquante-six ans était un peu jeune pour ne plus travailler, il avait encore quelques contacts, attendait, on lui avait promis de s'occuper de son cas, il fallait être confiant, optimiste, mais il ne l'était pas, il savait, plus rien ne serait comme avant, il fallait accepter, s'estimer heureux quand nous regardions les images de douars dévastés, de mères hurlant, on avait égorgé leurs enfants, décapité leurs maris, leurs pères, leurs frères. Le pays de mon père basculait dans l'effroi et l'effroyable dans un silence assourdissant, celui d'une communauté internationale qui ne voulait ni voir ni entendre, effondrée sûrement, impuissante sans doute, inconsciente c'est certain, ignorant que la nouvelle guerre sanguinaire et algérienne aurait des répercussions sur elle et recommencerait, ailleurs, des années plus tard.

L'origine de la maladie de mon père se situait, j'en suis convaincue, à l'endroit de son désarroi, de sa solitude, de son désœuvrement d'alors et de l'habitude (fausse acceptation) qu'il avait prise de ce désarroi, de cette solitude, de ce désœuvrement. Il nous défendait d'aborder le sujet, la vie continuait, devait continuer, lui et ma mère qui avait tout de suite trouvé du travail se « débrouilleraient », ils avaient déjà affronté des déconvenues, mon père n'avait peur de rien (à part la maladie mortelle), établissant un calendrier régulier entre Paris et Alger, voyageant tous les trois mois vers son pays malgré les massacres, nous appelant dès qu'il était arrivé à l'appartement familial qu'il occupait désormais plus qu'il ne l'avait jamais occupé par le passé.

Les lieux, les temps se renversaient, il restait à Alger quand nous étions en France.

Je gardais le souvenir d'une mission « de trop » dans mon enfance, quand à peine revenu de Washington il m'annonçait repartir pour un mois au Venezuela ; je l'embrassais à peine sur le pas de la porte, n'attendais pas qu'il entre dans l'ascenseur, regagnant le bureau-bibliothèque où se tenait la chaîne hifi, les disques que mon père avait rapportés d'Amérique, ceux que ma sœur avait achetés en France pendant les grandes vacances. Je déposais sur la platine *L'Été indien*, répétant au-dessus de la mélodie « je suis déçue, je suis déçue, je suis déçue ». La voix de Joe Dassin me rassurait, elle était, d'après moi, la voix d'un père et elle me consolait de ne jamais pouvoir attraper le mien comme s'il avait été un papillon que je pourchassais avec un filet troué.

Mon père plongé dans sa tristesse muette a traversé les trente dernières années en contemplant le monde, me l'expliquant, nous invectivant aussi : « Vous les Occidentaux, votre naïveté vous perdra. Quand allez-vous comprendre qu'Ils ne vous aiment pas ? » J'ignorais qui se cachait derrière ce

« Ils », ceux-là mêmes sûrement qui plongeaient son pays dans une interminable nuit de sang.

Nous étions ensemble quand M6 diffusait les images d'une guerre dite propre ; hagards devant l'écran de télévision qui projetait des images diurnes capturées par des caméras infrarouges. Des bandes blanches et des éclats verts jaillissant du ciel vers la terre, on nous expliquait qu'il s'agissait de frappes chirurgicales pour épargner les civils irakiens, frappes qui contournaient les humains pour ne détruire que les pierres, nous avions du mal à le croire. Je lui téléphonai en premier en plein après-midi pour l'avertir de l'attentat du World Trade Center, tétanisée, en larmes. Il me consolait. Je l'appelai encore le soir du 13 novembre 2015, sa voix semblait provenir d'une catacombe, je l'entendais à peine, j'avais eu du mal à le joindre, tous les canaux, toutes les lignes, tous les moyens de communication étaient, à juste titre, encombrés, surchargés ; lui à Alger, moi à Paris, je lui décrivais la violence avec des mots qu'il avait déjà employés à propos de la « décennie noire » ; les temps tournaient sans changer, les guerres ne se déplaçaient pas, elles s'étendaient à la manière d'un feu qui se propage et que l'on ne peut empêcher de se propager.

Ce soir-là, il m'avouait avoir maintenant peur pour nous, sa famille.

Quand il déjeunait seul avec moi, sous l'effet d'un bon vin que nous aimions tant partager car soudain un royaume s'ouvrait – royaume de souvenirs, d'anecdotes et de confidences –, mon père me racontait comment, au début, sans travail et dans la tourmente, il avait commencé à développer un comportement étrange qui l'amusait, lui qui s'ennuyait tant désormais. Je devais garder son secret pour moi, il me faisait confiance. En l'écoutant je percevais la solitude d'un homme qui n'a pas perdu les siens, mais qui a perdu le regard de son pays sur lui, il le comprenait, son pays avait plus urgent à traiter, il était un homme du passé, l'époque avait changé. Mon père était cependant respecté en Algérie, notamment pour son décret destiné à protéger les veuves de moudjahidines, pour son frère martyr, pour son honnêteté que ceux qui avaient travaillé avec lui ou le connaissaient ne cessaient de louer tandis que sa naïveté lui avait fait perdre une grande partie de ses économies, ravies par un « conseiller » mal intentionné, quelques billets dans une enveloppe un jour alors qu'il s'était endormi dans un bus. Et il y a dix ans, il s'était fait agresser à Paris chez lui par un homme, un faux maître de travaux qui l'avait plaqué contre l'évier de la cuisine pendant que son complice dérobait des bijoux, son Pass Navigo et deux cents euros. L'homme en question était connu des services de police, sans domicile fixe, la justice ne parvenait pas à statuer sur son cas, il apparaissait, disparaissait, en Pologne bien souvent, revenait en France sous une fausse identité, repérant les personnes âgées, elles lui faisaient confiance, ouvraient leur porte, il présentait bien, pardessus, costume, cheveux gris, regard bleu perçant, d'une grande politesse comme il était décrit dans la déposition.

Mon père, avant d'accepter sa nouvelle situation, laissant filer les années dont je ne garde à présent que des bribes de souvenir (je le reléguais au statut éternel du père de mon enfance), occupait son temps par de longues marches solitaires et sans but qu'il entrecoupait par ce qu'il nommait « de petites folies », entrant dans des magasins, essayant des dizaines de paires de chaussures tout en sachant à l'avance qu'il n'en achèterait aucune. Avait-il besoin que l'on s'occupe de lui ? Sûrement. Un jour, place de Clichy il avait joué au bonneteau. Vainqueur à chaque fois et réclamant son dû, il avait reçu en échange un coup de poing en plein visage qui par chance n'avait pas laissé de marque – comment l'aurait-il expliqué à ma mère ?

Les récits de mon père dans la ville me faisaient penser à ceux d'un personnage de Jacques Tati perdu dans ses pensées, ses contradictions, ses rêves inaccomplis,

en imperméable, le col relevé,

assis sur une chaise du Luxembourg les mains sur les genoux,

agrippé à la lanière qui pendait du plafond de son autobus, manquant tomber dans les virages,

toujours un sac en plastique au poignet, pour son journal *Le Monde*, un parapluie rétractable,

une baguette de pain sous le bras,

un chapeau feutre l'hiver, ses beaux cheveux bouclés au premier soleil du printemps.

Un écrivain que je connaissais et qui habitait son quartier le dépeignait, lors d'un dîner, en ministre à la retraite (ce qui était faux), mystérieux promeneur solitaire qui forçait au respect quand on le croisait.

Une amie l'avait vu marcher au pas de course rue de Rennes, une autre à Monceau en train de jouer au football avec un petit garçon (le fils de ma sœur).

Mon père avait investi Paris à sa façon comme il avait investi son quartier d'Alger malgré ses absences régulières. Salué à son retour, escorté parfois pour sa sécurité, même si d'après lui il ne craignait rien, on le désignait là-bas par son titre pérenne « monsieur le Gouverneur », titre, je le sais, qui lui survivrait.

Mon père vivait un double déclassement, sans travail et trop jeune pour ne plus travailler. Il décida de s'enfermer, avant l'âge, dans la vieillesse, son temps vacant est devenu un temps lent, égayé par de menus plaisirs qu'il respectait puisque le bonheur réside dans les choses simples, un bon plat, il aimait cuisiner, du chocolat, il était gourmand, un bon film ou non, il aimait s'assoupir devant la télévision et se réveiller pour changer la combinaison des chiffres gagnants d'une course au trot ou d'un super loto. Il lisait tous mes livres, avec avidité, les commentait, me félicitait de mes interventions, à la radio, à la télévision, puis un jour me lisait de moins en moins vite ou ne désirait plus donner son avis, la maladie gagnant du terrain. Il s'occupait de ses petits-enfants avec adoration, leur apprenait à nager, à plonger lors de vacances familiales au bord de l'eau, leur inculquant, je l'imagine, ce qu'il nous avait inculqué au sujet du souffle, de la position des bras, de la grâce d'un corps qui glisse sur l'eau sans écume, sans bruit ; il se prit de passion pour son arrière-petit-fils, heureux d'être arrière-grand-père, lui qui avait toujours craint de mourir jeune et de nous laisser seules ; il narrait son passé dès qu'il le pouvait avec regret, avec fierté. Il racontait sans fin à qui voulait bien l'entendre ses missions, il avait fait le tour du monde plusieurs fois, n'avait plus besoin de voyager loin, il connaissait le manège des hommes et des femmes, leurs petits arrangements, sa famille lui suffisait, il était encore là, vivant, c'était l'essentiel, il avait pris des risques, avait joué (à quoi ? je l'ignore), pariant sur un avenir heureux quand son présent lui semblait trouble ; dépendre d'un pays était pire que de dépendre d'une personne, sa « chute » imprévisible comme il disait les soirs amers en était la preuve ; peut-être avait-il payé le prix de son zèle, exigeant que son prédécesseur rende la clé de sa villa à la banque qui l'employait et comprenant après coup son erreur : il l'avait humilié.

Ses confidences livrées, comme une conclusion ou un résumé de la vie à laquelle il avait rêvé, qu'il avait peut-être frôlée sans l'étreindre en entier, il chantait sa chanson préférée *Maxim's*, écrite par Serge Gainsbourg

Ah ! baiser la main d'une femme du monde
Et m'écorcher les lèvres à ses diamants
Et puis dans la Jaguar
Brûler son léopard
Avec une cigarette anglaise
Et s'envoyer des dry au Gordon
Et des Pimm's number one
Avant que de filer chez Maxim's
Grand Seigneur
Dix sacs au chasseur

Enfin
Poser
Ma pelle
Et chauffer
Ma gamelle

Mon père avait segmenté les différentes périodes de sa vie. Son enfance, son adolescence appartenaient à une zone intouchable, et quand il en livrait des bribes je les comparais à des flèches que je tentais d'attraper pour construire son histoire à ma manière, comblant les vides quand ils étaient trop grands. Et puisqu'il n'existait aucune photographie de lui à cette époque je me représentais les lieux et les visages d'après les rares informations que je possédais, à l'exemple d'une mentaliste en charge d'une enquête :

le magasin de fruits et légumes de ses parents rue de Picardie à Jijel, petit village portuaire à quatre cents kilomètres à l'est d'Alger,

lui enfant dans l'arrière-boutique jouant avec les pains de glace qui servaient à protéger les denrées,

sur le toit de la maison familiale, le poing levé vers le ciel, il se faisait la promesse de « devenir quelqu'un un jour »,

il tenait les comptes du magasin, mettant en garde son père absent, volage (d'après mon père), contre son associé.

Mon grand-père ressemble à mon père dans une « version » plus claire (les yeux et les cheveux), d'après deux photographies que je possède de lui. Je devrais plutôt dire que mon père lui ressemble, mais sachant si peu de chose du premier, le second a pris l'ascendant.

Sur la première photographie, je l'ai déjà évoqué, mon grand-père kabyle porte une chéchia rouge, un costume bleu marine, une chemise blanche et tient ma sœur dans ses bras. Il est assis en tailleur sur un tapis et a retiré ses chaussures – détail qui avait fait dire à Simone, ma grand-mère française : « Ils ne sont pas comme nous. »

La seconde photographie le montre en tenue militaire, du temps de la colonisation l'armée française enrôlait dans ses troupes de jeunes Algériens pour lutter contre l'ennemi allemand. Mon grand-père est resté en Algérie, j'ignore son grade mais je sais qu'il se déplaçait à bicyclette, parcourant de nombreux kilomètres par jour et attrapant ainsi, en raison de l'humidité avait précisé mon père, une maladie ou une fragilité aux poumons.

Il fut peut-être un messager, se déplaçant d'une montagne à l'autre caché dans la brume qui le protégeait. Sur cette image je m'aperçois que je possède la forme de sa bouche et celle de ses yeux.

Je sais que mon grand-père algérien est sévère, il y a cette histoire de tisonnier brandi pour corriger mon père, mais avec le temps ce dernier m'indiquait que je mentais ou que j'avais trop d'imagination. Il y a aussi cette histoire de discours prononcé par mon père au lycée contre l'alcoolisme et qui fit arrêter de boire le sien aussitôt, mais de cela non plus je ne suis pas certaine ; à l'inverse les flashs qui surviennent au sujet du père de mon père, même s'ils sont les « effets », les « substrats » d'une légende colportée d'année en année, proviennent de la narration de mon père, narration inchangée qui serait une preuve de leur authenticité :

mon grand-père se rend à Nice pour y acheter des œillets sur pied qu'il rapportera à Jijel,

il est le premier de sa ville, de son entourage à posséder et à conduire une moto,

il joue de la mandoline,

il est élégant avec une préférence pour les chaussures en daim,

il surnomme ma mère la Suédoise la première fois qu'il la voit en raison de sa blondeur, de la blancheur de sa peau.

Mon père a peur de lui malgré l'admiration qu'il lui voue. Mon grand-père est sans lettres, mais possède un don pour la parole et sera souvent le médiateur entre deux communautés qui s'aiment autant qu'elles s'affrontent. On lui attribue le statut (virtuel) de maire de son quartier.

Je ne sais pas s'il est croyant, s'il pratique, quand mon père, lui, connaît un pic mystique et religieux aux alentours de ses seize ans, pic qui s'affaissera, se transformera.

De ne pas savoir qui étaient les parents de mes grands-parents me donne le sentiment d'une histoire incomplète me concernant. Cette incomplétude a été une source de malaise ; si je me retournais, j'avais la vision d'un gouffre et la sensation d'un vertige. Que m'échappe la moitié de mes origines m'a rendue parfois maussade, anxieuse, craignant qu'une part inconnue et incontrôlable de moi ne se réveille un jour et me commande, me submerge.

Mon père porte trois cicatrices :

sur l'arcade sourcilière : un accident de bicyclette avec son père alors qu'ils se rendaient à la pêche,

sous son aisselle : des fils de fer barbelés dans l'eau en plongeant d'une digue,

sur son avant-bras gauche : un pari avec un ami, chacun demandant à l'autre de s'ouvrir la peau avec un couteau. L'ami avait exigé que mon père se tranche le bras ; mon père, lui, que ce dernier se tranche la gorge. Je ne connais pas la vraie suite de l'histoire et, quand je la demandais enfant, mon père, pour me faire peur, me répondait : « Bien sûr qu'il l'a fait. Nous étions de vrais hommes. »

De la mère de mon père je ne sais que l'amour inconditionnel qu'il lui vouait car « c'était une femme d'une grande bonté » qui avait élevé ses quatre fils avec exigence, espérant que chacun d'entre eux suive des études supérieures et exerce un « grand » métier ; sans lettres elle non plus, ce qu'il ne l'empêchait pas d'avoir de l'ambition pour les siens, de la repartie et un sens avisé des choses humaines et du monde, accueillant ma mère les bras grands ouverts après la guerre d'indépendance alors qu'elle venait de perdre son aîné au maquis. L'éducation de sa fille fut, elle, encore plus stricte que celle de ses fils, car elle était une femme.

De ma grand-mère algérienne je garde :

ses mains qui frottent mes cheveux, mon visage pour me montrer son amour,

des galettes à la fleur d'oranger, des « croquets », des cornes de gazelle, de la semoule serrée dans un torchon à carreaux qu'elle nous faisait parvenir par la poste de Jijel à Alger après chaque fête de l'Aïd, du Mouloud, à Noël,

ses sourires pour me dire qu'elle m'aimait, quelques mots en français, pas assez pour comprendre la suite de notre conversation.

Elle m'appelle « chambète » en référence au garde champêtre et à mon caractère bien trempé. Et parfois m'affuble du surnom de Sheitan (le diable) car je lui désobéis dans la grande maison au jardin intérieur qui garde des glycines et un arbre fruitier.

Elle dit que l'on soigne la fièvre en apposant une pièce d'or sur le front,

que mon père ira loin,

que ma mère est comme sa seconde fille.

Elle est belle, porte de larges robes à fleurs multicolores qu'elle ceinture et joue de la derbouka.

Un après-midi, au début des années 80, comme je demandais à mon père de ses nouvelles, il m'avait répondu, ainsi qu'à ma sœur présente dans la pièce :

« Il serait temps de vous soucier d'elle. Elle est morte il y a deux mois. »

J'avais alors trouvé mon père cruel, injuste.

De l'adolescence de mon père je sais l'importance des « copains » espagnols, italiens, français, quelles que soient les croyances de chacun, de l'instruction, de la culture, de son entrée à l'école normale d'instituteurs de Constantine, de ses professeurs qui, selon lui, lui auront appris à penser, à réfléchir, à raisonner.

De ses trois frères, il ne fait référence qu'à l'aîné à qui il voue une admiration sans limite, étudiant en troisième année de dentaire qui s'engage dans l'armée de résistance algérienne. Il désire le suivre, son frère s'y oppose et organise le départ de son petit frère pour lui éviter la guerre, la mort, certain que ce dernier est promis à un brillant avenir. Ses parents sont du même avis que lui, aidés par un certain Oncle Sam dont mon père parlera souvent, pour sa gentillesse, sa générosité, par des amis de son frère aîné.

Mon père quitte Jijel au début de la guerre d'Indépendance.

Son récit vers la France est invariable, augmenté de nombreuses photographies comme si cette période correspondait à un essor, un changement de statut. Il l'évoque avec une certaine fierté en dépit de la solitude, de la tristesse de quitter les siens ; il n'a jamais peur, il s'agit plus d'un tournant dans sa vie.

Il prend un bateau depuis Alger pour Marseille, puis de Toulon (mais je n'en suis plus certaine) se rend en train à Vannes, recommandé par des amis de son frère ou par des professeurs (les versions diffèrent) auprès du proviseur du lycée qui lui ouvrira les portes de son internat l'année de son baccalauréat.

Il a deux ans de plus que les élèves de sa classe (la guerre, le déplacement), noue une histoire d'amour avec sa professeure d'anglais, excelle dans toutes les matières, obtient son bac avec mention très bien (ou l'équivalent à l'époque).

« L'oiseau rare » comme il est appelé est ensuite dirigé vers la faculté de droit et d'économie de Rennes, recommandé par son proviseur de Vannes auprès du doyen. Il est logé à la cité universitaire, obtient une bourse modique, travaille plus que les autres, acharné, méticuleux, obsessionnel, pour réussir, le meilleur, le devient, premier étudiant de sa faculté, il collectionne les médailles, les prix, les récompenses.

Ses amis sont français, algériens, africains, il sort le soir, danse le bebop, devient une figure de la faculté, celui que l'on veut rencontrer, que l'on veut aimer – une « fiancée » hollandaise, une speakerine de télévision, ma mère enfin au bal de l'université : « Vous êtes belle. »

Ils emménagent dans la petite chambre, ma mère priée de quitter la maison de ses parents puisqu'elle « s'égare » avec un étranger.

Les ombres qui hantent mon père ne sont pas liées à ses mauvais rapports avec sa famille française. Elles prennent corps dans l'histoire de son frère aîné qui le sauve de la folie de la guerre, le

« catapulte » vers la France. Il est redevable, à tout jamais, lui fait honneur, prouve qu'il avait raison malgré le désir de mon père de prendre le maquis, nationaliste et tête brûlée.

Quand mon père apprend que son frère est mort et déclaré « porté disparu », il est encore étudiant ; inconsolable. La mort est une chose, la disparition en est une autre.

Mon père devenu l'aîné envoyant des mandats à sa mère, le petit frère en médecine, occupera la place vacante et plus encore. Il vivra son destin mélangé au destin que son frère n'aura pas eu le temps de bâtir. Il vivra, réussira et craindra de le faire chuter avec lui. Il le cherchera de par le monde et au travers de son propre corps, le ressentant à l'exemple d'un membre fantôme.

Je quitte le jardin de Jeanne-Garnier, il commence à pleuvoir, un orage ; ma sœur est dans la chambre de mon père, ma grande sœur en sanglots dans mes bras, je l'entraîne à l'extérieur, je suis sûre que mon père entend, il ne doit pas savoir, nous devons encore lui mentir, jouer la comédie, c'est idiot je le sais, mais je ne parviens pas à faire autrement ; à force d'écrire des livres j'ai appris à construire des remparts de mots contre la réalité et ces remparts sont devenus plus forts que tout, en apparence, ils ont empêché la violence éparse d'entrer dans ma tour, dans « ton petit monde », me disait il y a quelques semaines mon père, me reprochant d'avoir refusé de le voir vieillir, de sous-estimer la gravité de sa maladie, il se trompait ; il ignorait que mon « petit monde » était construit autour de lui, qu'il battait à sa mesure et qu'il s'inquiétait, chaque jour, depuis des années de ce qu'il était, de ce qu'il allait devenir. Mon petit monde est composé du sien, trop peut-être, ayant eu un jour l'idée d'un titre pour un roman *Je suis mon père*, un mauvais titre sûrement puisque je l'ai abandonné, mon petit monde qui est le sien explique ma peur infinie de le perdre et de le voir mort bientôt dans le costume qu'il portait je crois mais je n'en suis pas sûre et je n'ose le demander le jour du mariage de ma sœur que je ne parviens pas à consoler, son lien est différent du mien, peut-être parce qu'elle est hétérosexuelle (je tombe dans les clichés) et que mon père fut un jour son prince, son roi, son empereur, peut-être que mon père lui a servi de modèle, qu'elle aura sans cesse cherché des hommes qui lui ressemblent, peut-être que mon père est encore son pilier, son protecteur, celui qui lui rapportait des robes et des bijoux, celui qui symbolisait l'amour entre un homme et une femme, celui qu'elle a dû désirer épouser enfant puisque les petites filles en général désirent se marier avec leur *papa*. Moi, non, bien sûr, il était mon modèle, je voulais lui ravir sa force et pourquoi pas sa femme puisqu'il me laissait sa place et que ma mère en profitait m'attribuant le rôle de soldat, de confident, de raconteur d'histoires, de veilleur, à son chevet quand elle s'empoisonnait un jour, ou s'étouffait, ou faisait une hémorragie me montrant son drap taché de sang pour me prouver qu'elle ne mentait jamais. Quand mon père revenait je lui rendais sa place avec regret, mais je savais qu'il repartirait, je ne cessais de le trahir, lui qui me faisait confiance et m'appelait « la fille de Minos et de Pasiphaé », me donnant un semblant de puissance que je ne possédais pas ou que je ne possède plus puisqu'à mon tour je m'effondre dans les bras de ma grande sœur que j'ai souvent consolée comme si j'en étais l'aînée ; mon père mourant, j'accepte la gradation naturelle de notre lien, elle était avant moi, elle saura mieux que moi.

De retour chambre 119, nous regardons l'homme qui va mourir, je dis l'homme parce que j'ai l'impression à cet instant précis qu'il n'est plus mon père, mais la carcasse de mon père, je devrais dire « l'enveloppe », ce serait plus respectueux, la mort qui rôde essaime des pensées étranges, l'atmosphère est animale, bestiale, je ne reconnais plus, depuis ici, le visage de mon père, ses yeux en amande, son nez aquilin, son visage en lame qu'il tenait de ses parents, j'entends sa respiration, de plus en plus forte, elle n'est pas celle d'un humain ou elle est celle d'un humain qui s'arrache de son humanité ; est-ce que mon père a été heureux ? Joyeux, il le fut, par sagesse et par intelligence, constatant qu'il valait mieux aborder les ennuis avec le sourire plutôt qu'avec les larmes, mais heureux, l'a-t-il été un jour vraiment ?

Ma sœur, ma grande sœur et moi chantons la seconde comptine intraduisible que nous a apprise notre père, hymne des supporters d'un club de football, claquant des mains comme si nous fêtions une victoire, nous les filles du Hadj, qui exigeait de se faire appeler Sidi Bouraoui le soir des métastases, dressé sur son lit, me fixant sans me voir,

Casino municipal
Jmc rabahat l'étoile
Caaaaaasino Mu ni ci pal
Jmc larradat l'étoile

Je sais que mon père ne va pas mourir dans les heures qui viennent. Je sais que j'ai encore du temps pour lui parler si je parviens à être seule avec lui, à lui dire ce que je n'ai pas pu lui dire avant ou que j'ai tenté de lui dire, mais que lui ne comprenait pas, ou ne voulait pas comprendre, entendre et s'il entendait il devait penser que j'exagérais, que mon interprétation des choses était erronée. Il avait fait son possible pour nous, pour qu'on ne manque de rien. Quelques jours avant Jeanne-Garnier, il affirmait, énervé, que je lui devais tout, que j'étais devenue celle que j'étais grâce à lui, ce n'était pas vrai, il le savait, j'avais forgé ma vie seule pour une raison impa-rable – j'avais honte de mon homosexualité, non une honte « interne », une honte « externe » à moi, à cause de la société, de l'image qu'elle renvoyait sur les gens de mon « espèce », de ma « peuplade », m'avait un jour lancé une jeune femme homophobe, et j'avais associé mon écriture à cette homosexualité, écrire me consolait et serait une parure si un jour j'étais publiée, voire une excuse, les artistes occupaient la marge, j'en ferais partie, mon homosexualité s'inscrirait dans mon destin d'écrivain, elle ne serait plus une déviance aux yeux des autres. Ce que ne pensait pas mon père d'ailleurs, je l'ai dit, écrit, il me protégeait, nous ne l'évoquions pas ou peu, souvent sur le ton de la plaisanterie et quand un jour je lui avais demandé si on lui parlait de moi à Alger, il m'avait répondu : « Non, car ils savent. Ils savent qu'au moindre mot sur toi, je leur casse la gueule. » Je ne sais pas si mon père a cassé la gueule à quelqu'un, je ne le crois pas, il me l'aurait dit, et avec les années je m'aperçois que l'on se fait un monde des autres et qu'il vaut mieux soigner ses blessures plutôt que de se soucier du regard extérieur, ce regard est souvent doux et, s'il ne l'est pas, il est indifférent. Mon père affichait cette forme d'indifférence, je ne sais pas si je l'appréciais, elle me convenait, il ne me posait aucune question sur ma vie, il m'espérait heureuse, bien encadrée, devinant les chagrins, les joies. Nous avions, aussi, un lien amical, bras dessus bras dessous dans la rue, tel un caméléon, je devenais encore, à mon âge, un peu de lui, un peu de sa peau, de son intonation, je devenais un peu de ce vieil Algérien qui me contaminait et avec qui je descendais la rue de la Montagne-Sainte-Geneviève, nous accrochant l'un à l'autre car la chaussée était glissante ; les deux Algériens, moi pourtant si française, qui racontaient des « bobards », des « salades » et qui se quittaient avant le pont de l'île Saint-Louis, île de ma jeunesse qui comptait elle aussi des cadavres, des vrais, celui de Pierrot, de Perrine, compagnons du Saint-Régis, morts à présent.

Je me retournais toujours sur mon père, le regardant s'éloigner ; la fin de vie puis la mort sont peut-être juste cet éloignement, pas plus, mon père va changer de quartier, mais il restera à quelques rues de moi, non pour me surveiller, mais pour me protéger, Sidi Bouraoui.

Je commande un taxi en raison de la pluie, je ne m'abrite pas, l'eau sur mon visage, mes cheveux fait office de purification ; je me souviens des idoles religieuses de Bill Viola, inondées, noyées, mourantes et renaissantes, à l'infini.

J'entends s'échapper depuis la voiture qui s'arrête pour me conduire chez moi des chants, une sourate, la voix d'un muezzin, le chauffeur change immédiatement le canal de la radio. Je lui dis : « Cela ne me dérange pas du tout vous savez. Au contraire. Mon père va mourir. » Il me répond : « Moi cela me dérange, ça brouille mon GPS. » Je ne crois pas : soit il est gêné, soit il ne veut pas partager sa prière avec moi. Il ajoute : « Vous savez, madame, la mort nous attend tous, seul Dieu en décidera le jour. »

Je sais qu'il a prononcé le mot « mort », mais j'ai entendu le mot « amour » et la phrase marche aussi bien de ce sens : « L'amour nous attend tous. »

Nous roulons sous la pluie, Paris est vide, chacun chez soi et à l'abri, les marronniers ruissellent, je baisse la vitre, regarde vers le ciel gris, attendant l'éclaircie en signe de l'au-delà, rien ne vient, sinon les nuages sombres, lourds d'humidité qui crèveront l'un après l'autre avant la lumière, le ciel sec et lavé.

Je regarde les immeubles, les arbres, les arrêts d'autobus, les autres voitures, les rares passants qui courent, certains avec une mallette sur la tête pour se protéger de l'averse, des hommes d'affaires, des banquiers, des hommes qui regagnent leur foyer et qui embrasseront leur femme, leurs enfants, avant de passer à table, de dîner, de saisir le fil de la vie simple, composée de rituels que l'agonie désordonne, abolit.

Je n'ai plus d'emploi du temps hormis celui que nous avons fixé avec ma famille et qui échappe au calendrier usuel, je n'ai plus de projet, plus d'écriture, j'ai abandonné mon Journal qui compte déjà six cents pages et qui m'effraie à présent. Y écrire serait raconter la maladie et bientôt la mort de mon père, ce serait être contemporaine de ma douleur et la vivre deux fois, à l'extérieur et à l'intérieur des mots. L'écriture si elle revenait dans ma main reproduirait les effets d'un poison.

Boulevard Saint-Germain, chaque rue, chaque enseigne, chaque vide aussi puisque le quartier a changé, que l'on a remplacé, entre autres, le Drugstore, le Katmandou club de femmes, me rappellent les visages des disparus, morts ou perdus de vue : oui la mort vient tôt ou tard. Je pense à Ely, à Laurence, mes partenaires de sortie, je pense à Mariem qui ouvrait la porte du Katmandou, à ses yeux derrière le petit grillage, à son air désolé quand « ses » filles se déchiraient pour une autre femme (toujours), le Kat était le lieu de la passion, du combat, du renversement, chacune poussant des coudes pour avoir une place dans le cœur d'une autre. Je pense à Elula, patronne du lieu, je pense à tous les souvenirs que j'ai laissés entre ces murs qui sont devenus ceux d'un théâtre, je pense à tout ce que j'ai laissé de moi comme si j'avais failli « y laisser ma peau ». Ce fut le cas, d'une certaine façon, j'ai failli « y laisser ma peau » d'amoureuse, ma peau d'idéaliste.

Je pense à Vincent, partenaire noctambule toujours vivant lui, mais qui appartient au cimetière de mes aventures passées. Il travaillait l'été dans le magasin Burberry à l'angle de la rue de Rennes, quand moi je « tenais » le Téléphone rouge d'Europe 1. Nous dînions plus bas avant la Seine au Vieux Casque, amusés de surprendre un jour la patronne faire ses courses au Codec (« cela doit lui coûter une fortune ») avant de nous engager dans la nuit – fleuve agité peuplé de caïmans, à la recherche d'une âme autant en peine que les nôtres.

Je pense aux heures à attendre au café du Vieux Colombier, à ce temps perdu qui est peut-être un temps gagné puisqu'il faut apprendre pour devenir adulte, pensant qu'il serait fréquenté par des « filles comme moi », situé dans le prolongement de la rue du Katmandou.

Nous sommes passés devant Le Mabillon, le café de tous les Algérois me disait mon père que je revoyais non loin à la librairie Des femmes après une conférence à laquelle j'avais été invitée parmi d'autres auteurs. Je me souviens d'une lecture du livre *Le Corps lesbien*, de mon père, seul homme dans la salle, debout, dans l'encadrement d'une porte, qui m'avait fait signe de la main, l'heure tournait il devait s'en aller, j'avais souri de sa gêne, je le comprends, la tension était grande, et de son respect à mon égard.

Au début de notre rencontre A avait loué rue du Cherche-Midi, pendant une semaine, un appartement, pour son travail, ses rendez-vous, pour me voir le plus souvent possible aussi, nous étions en juillet, il faisait très chaud. A avait acheté une paire de draps dorés pour nous donner l'impression de nous rouler dans de l'or. Quelques mois plus tard, quand je venais les reprendre (A les avait rapportés du pressing et oubliés, l'appartement était en vente), j'avais rencontré sur le trottoir adjacent Philippe. Nous nous étions connus, jeunes, à nos débuts, en 1990, lui dans la musique, moi dans l'écriture, sans jamais nous être revus ; il m'avait présenté ses plus jeunes enfants qui jouaient dans sa voiture, me montrait une photographie de sa fille de dix-huit ans, il était fier ; nous nous sommes pris dans les bras, nous avions parcouru du chemin, il me félicitait pour mes livres, lui était devenu un très grand producteur, très connu de la scène française et étrangère ; en me regardant, il m'a dit « nous n'avons pas trop changé ». Nous étions heureux de nous revoir même si nous n'avions que très peu de souvenirs en commun, mais nous possédions une chose précieuse : nos trajectoires s'étaient croisées à l'instant même où la chance allait nous sourire à tous les deux. Un an plus tard j'apprenais qu'il s'était tué par accident en tombant du troisième étage de son appartement.

Le chauffeur de taxi est sorti de la voiture pour ouvrir ma portière et me dire « je vous souhaite bon courage », je l'ai remercié, ignorant s'il faisait allusion aux trombes d'eau qu'il me fallait traverser, à la nuit sans sommeil qui m'attendait, craignant de manquer un appel de Jeanne-Garnier ou de ma mère, à l'agonie de mon père qui s'accélérait en même temps que les battements de mon cœur quand j'y pensais.

Avant le jour, ne dormant pas, j'ai pensé à la cabine téléphonique située à l'angle de la rue d'Assas et de la rue Bonaparte ; j'avais pris l'habitude d'y passer mes appels pour être tranquille. Parfois je téléphonais à Hélène juste pour entendre le son de sa voix puis je raccrochais, la savoir vivante me suffisait. Il m'arrivait aussi d'appeler mon père dans le Golfe, mes appels étaient brefs, je manquais de monnaie, j'avais juste le temps de lui dire qu'il me manquait et qu'il était mon seul ami. Lui me répondait : « Tu as toute ta vie pour te faire d'autres amis. »

Je me suis dit que l'Amie était l'amie suprême, qu'elle réunissait à elle seule ceux que je n'étais pas parvenue à me faire et ceux que j'avais perdus.

Je me suis dit que notre indéfectible lien était d'une intelligence surnaturelle et que l'amitié telle que nous la vivons, la construisons, l'occupons possède l'étoffe, la grandeur, les beautés des alliances karmiques.

Je me suis souvenue des mots de mon ancien éditeur à son sujet, « Elle est la force », et de ceux d'A, il y a quelques heures : « Nous sommes tes deux lions. Nous te protégeons. L'une et l'autre de chaque côté de toi. »

Seule avec lui je remarque une marque rouge sur sa joue gauche, une petite coupure, le sang a déjà séché, mon père vient d'être rasé, il sent son parfum et non l'huile des masseurs, je pourrais poser un baiser sur son front, mais je n'ose pas, j'ai peur de lui faire mal, avec mon geste et avec trop de douceur aussi qu'il pourrait prendre pour de la pitié et mon père a la pitié en horreur. Sa respiration est moins rauque mais encore plus lente, comme s'il hésitait à la reprendre, à repartir, je crois qu'il a fait son choix, je le sens, mon père va cesser de résister, il va se laisser aller quand il estimera que ce sera le bon moment. Il reste du temps, j'en suis sûre, quelques heures, le temps pour moi de m'asseoir près de lui, de lui faire écouter cette chanson que j'avais choisie un jour, en son honneur, je l'avais dit au journaliste de Radio classique qui me recevait, j'avais dit que cette chanson me faisait pleurer parce qu'elle disait ce que mon père n'osait pas nous dire, qu'être un père avait été une histoire, un rôle, très important, très noble, pour lui, et que cette chanson disait combien l'on transmet à son enfant, combien l'on donne, autant de défaites que de qualités, autant de visions que de silences, autant de beauté que de peine, et que le métier de père est ardu, parce que l'on ne fait jamais assez bien et si l'on croit avoir bien fait, l'on se rend compte un jour que ce n'était pas suffisant ou pas assez juste. Mon père avait entendu la chanson, mes mots sur lui, il avait pleuré, il m'avait remerciée, pour ce que je disais et surtout pour lui avoir fait découvrir un titre qu'il ne connaissait pas et qui disait tout de lui et certainement de tous les pères. Comme je sais qu'il m'entend, j'approche mon téléphone pour qu'il écoute une dernière fois *Ton héritage* de Benjamin Biolay.

Puis je parle à mon père à voix haute, je lui parle de son quartier d'Hydra, de la placette, de la forêt d'eucalyptus, de la mer, des cargos pétroliers quittant le port d'Alger, je lui parle de Bérard, de ce grand rocher plat posé sur l'eau et qui ressemblait à une île, de sa plate-forme composée d'algues depuis laquelle nous plongions sans nous arrêter jusqu'à ce que l'un de nous deux déclare forfait, je lui parle de son corps souple et vaillant, de son corps si courageux qui lutte encore pour ne pas s'éteindre le jour des vingt ans de son petit-fils, je lui parle de Chréa, de Bainem et de Bou Saada quand, en costume cravate, il suivait le dromadaire qui me portait, payant dix tours d'avance à son propriétaire parce que ce n'était jamais assez, qu'il me fallait toujours recommencer ; je baisse le ton de ma voix et lui parle maintenant à la manière de

confessions

« Merci papa d'avoir accepté mon homosexualité sans jamais me juger, me poser de question si je refusais de t'en parler, de t'expliquer ; comme tu le sais le cœur ne s'explique pas, il dirige comme le gouvernail dirige le vaisseau vers les paysages les plus sublimes même s'ils sont escarpés et difficiles à trouver, à posséder, merci d'avoir respecté l'amour, cet amour et de l'avoir protégé si tu entendais un autre le salir ou le sous-estimer. Je sais que ce n'était pas chose aisée, toi l'homme, l'Algérien, si pudique et si secret. Merci d'avoir essuyé mes larmes sans le savoir, d'avoir fêté mes joies sans que je les partage avec toi, tu savais, tu sentais, tu devinais, je n'avais rien à ajouter, merci papa d'avoir été celui qui considérait les femmes comme tes égales et tes supérieures parfois, tu le disais, toi qui aimais encore apprendre d'elles et t'élever, merci d'avoir salué ma persévérance, tu trouvais mon combat juste et bien mené.

« Merci pour l'éducation que tu m'as donnée, elle était sévère mais tu disais qu'elle me permettrait d'accomplir la moitié du chemin de mon existence et que l'autre moitié m'appartenait, que savoir bien se tenir en société n'était pas un don acquis mais appris, que tu étais là pour me montrer les bonnes manières pour le respect des autres et que ces derniers me respectent en retour ; merci de m'avoir donné un cadre dont je ne franchis pas les limites sauf dans mon imagination ; comme tu le sais l'imagination rend encore plus libre parfois que la liberté.

« Je te pardonne papa. Je pardonne ta brutalité dont tu ne faisais pas souvent preuve mais assez pour que je m'en souvienne, pour qu'elle m'effraie, me paralyse, son seul avantage aura été celui de me faire haïr la violence, de ne jamais en faire usage aussi bien sur autrui que sur moi-même. Je te pardonne de m'avoir fait connaître ce sentiment étrange d'avoir peur de son père, l'homme au-dessus de tous les hommes, et je te pardonne d'avoir cru que cette peur s'effacerait.

« Je te promets d'honorer ton nom que je porte – et qui signifie en arabe le conteur – en continuant à écrire, à bâtir livre après livre cet édifice que j'ai nommé l'édifice amoureux ; comme tu le sais, le mot Amour n'a de frontière que si l'on désire lui en donner. »

La médecin-cheffe nous demande si nous souhaitons sortir le lit de mon père dehors, le conduire dans le jardin, sous les arbres, pour qu'il prenne la lumière, je pense à la sœur de Georges dont la chambre est silencieuse à présent et n'imagine pas mon père être déplacé, bougé, confronté à la lumière du soleil qui serait une blessure, au parfum des fleurs qui serait une cruauté, exposé à l'horizontale, emmailloté sous les draps quand lui courait dans le sable des dunes d'Alger plage. Nous refusons.

Nous avons annexé, ma mère, ma sœur, sa fille, ses fils et moi une partie du jardin de Jeanne-Garnier jusque-là ignorée ; deux bancs se font face, nous nous serrons les uns contre les autres. De profil, je fais la remarque que nous avons tous le nez cassé – nous éclatons d'un rire nerveux qui semble ne jamais pouvoir s'arrêter comme s'il contenait toutes les larmes passées, toutes les larmes à venir, toutes les questions que nous nous posons, toutes les réponses que nous ne recevrons pas.

Ma sœur me rappelle ce souvenir dans le jardin de la résidence de notre enfance. « Nous faisions du patin à roulettes jusqu'à ce que la nuit arrive, maman nous ordonnait de remonter en criant depuis le balcon, nous faisions mine de ne pas l'entendre et nous ne remontions pas. » Ma mère : « Vous ne m'obéissiez jamais. »

La maladie, l'agonie, la mort obligent à l'obéissance, nous font baisser la tête quand il faudrait la relever, baisser les yeux quand il faudrait les avoir ouverts, baisser la garde quand il faudrait être aux aguets – nous savons accompagner notre père dans le désordre, trop présents peut-être, trop nombreux, trop bruyants, à l'image de notre amour pour lui trop grand pour être ordonné.

Je ne dis pas adieu à mon père, je le regarde vivant et je quitte la chambre. Ma mère me suit, me demande de rester encore un peu avec elle parce qu'elle a peur, elle sait que « cela » va arriver, elle a peur de ne pas savoir quoi faire et surtout de s'être assoupie, une minute ou deux, la minute de la mort qui surprend celui qui pensait en être le témoin. Elle a peur que mon père se sente abandonné.

Je la rassure : « Tu vas voir, cela se passera ainsi, en nuit profonde qui ouvre le 7 juin, son numéro sacré, il sera détendu, en paix, il saura, il pensera que vous êtes à l'appartement, dans votre chambre, comme avant, au temps de la tendresse et de la joie, il pensera aussi, si tu dors, que tu étais fatiguée, il se couchait toujours plus tard que toi, il comprendra, ne t'en voudra pas, il ne sera pas seul, tu seras là et ce sera doux, silencieux, il glissera comme vous avez glissé en barque sur l'étang de vos grands amis Marie-France et Thierry, il pensera rêver, un rêve de plus, l'Éternité. »

Comme chaque nuit depuis l'admission de mon père à Jeanne-Garnier, je me couche avec mon téléphone près de moi, le son à son maximum, mon réveil bloqué sur 7h30. Comme chaque nuit j'attends sans désirer attendre une fin annoncée qui sera le début d'une autre vie dont j'ignore la forme, la force ou la fragilité, retenant peut-être par la pensée celui qui doit s'en aller, le suppliant de rester encore, juste un petit peu, le temps de l'été qui arrive, de son anniversaire en septembre prochain, le temps de la vie qui se poursuit.

Dans le sud de l'Italie, à Capo, je fus réveillée un matin par une fanfare, je me précipitai à la fenêtre de notre chambre qui donnait sur la place du village, rejointe par A qui se positionnait à la fenêtre de la seconde chambre, toutes deux alignées, attendant le cortège munies de nos petites caméras, nous avions pris l'habitude cet été-là de tout photographier, de tout filmer, de tout retenir comme si le réel était liquide et qu'il nous fallait le transvaser pour le conserver, nous en souvenir. Des rectangles verts, rouges et blancs accrochés à un filin au-dessus de l'artère principale, entre la terre et le ciel virevoltaient ; les habitants de Capo avaient organisé un bal la veille, restait l'estrade de la scène qui serait bientôt envahie par un nouvel orchestre dont la rumeur se rapprochait de nous. Des hommes vêtus de sombre ouvraient le cortège, avant les femmes, avant les enfants, avant les musiciens, suivis de près par une limousine recouverte de couronnes de fleurs enrubannées ; pensant filmer un mariage ou une célébration nationale nous n'avons pas compris tout de suite ce que capturaient nos caméras, que nous ne saisissions pas la vie mais la mort, comme si l'une et l'autre s'encastraient et ne pouvaient exister qu'ensemble.

Je n'ai pas entendu mon téléphone sonner à une heure du matin.

À 1 h 45, sa sonnerie m'a réveillée. Le plus jeune des fils de ma sœur m'annonçait la mort de mon père. Ils étaient dans un taxi, se dirigeaient vers le quinzième arrondissement, je pouvais les rejoindre si je le désirais.

« Si je le désirais » est la phrase que j'ai le plus entendue cette nuit-là.

Ma mère m'avait laissé trois messages. Je la rappelais sans les écouter. « Ton père est mort, il était à peu près une heure du matin. L'infirmier m'a dit : voilà c'est arrivé. Je reste encore, tu peux venir si tu le désires. Sinon ton père sera encore dans sa chambre jusqu'à midi avant qu'ils ne l'emmènent au salon mortuaire. Tu fais comme tu veux, ma petite fille. Comme tu le souhaites. »

J'écoutais ensuite ses messages, ils étaient tous les trois identiques, « ton père est mort, peu avant une heure du matin ou à une heure du matin, je dis cela à cause de mon petit poste de radio, ils annonçaient une heure du matin et l'infirmier de garde était dans la chambre, tu peux venir si tu le désires ».

« Si je le désirais. »

Je ne sais pas ce que l'on peut désirer quand son père est mort. Je ne sais pas si l'on peut choisir et si l'on a le droit de choisir. Je suis restée sur mon lit. J'ai attendu. J'ai attendu de savoir ce qui allait se produire en moi, si la mort d'un être qui a donné la vie à un être fait que ce dernier se sente mourir ou renaître d'une autre vie traversée par la mort. J'ai attendu. Je me suis demandé si mon père avait senti la mort, s'il avait eu peur, s'il avait encore lutté, s'il était parti vaincu ou vainqueur face aux ténèbres qu'il rejoignait. J'ai attendu. Je me suis projetée – me laver, m'habiller, appeler un taxi, me rendre à Jeanne-Garnier, passer l'accueil, monter les escaliers, tourner à droite, passer devant la chambre de la sœur de Georges, ouvrir celle de mon père, retrouver ma famille, regarder mon père, l'avaient-ils déjà habillé, préparé ? Je ne savais pas ce que je désirais. J'ai attendu. J'avais les mots de ma mère, de mon neveu à l'esprit et ces mots racontaient une nouvelle histoire de notre clan sans son chef. Je crois que je ne désirais pas le voir dans la nuit. Je crois que je désirais attendre le jour. Je crois que j'avais peur, je l'admets et je n'en éprouve aucune honte. J'ai pensé appeler A mais il était deux heures du matin passées, je ne voulais pas la réveiller même si je savais qu'elle attendait mon appel, le pressentait et même si je craignais qu'elle ne m'en veuille de ne pas l'avoir prévenue tout de suite, mais j'avais peur, peur de la réveiller, j'avais peur de la nuit, une immense peur, une abominable peur. J'ai attendu. Je ne désirais pas voir mon père mort dans la nuit, j'en étais maintenant certaine. Je désirais le voir seule je crois ; seule avec lui donc pas si seule en plus. Seule avec lui dans la lumière. Seule avec lui dans la lumière du jour. Seule avec lui dans la lumière du jour qui portait le chiffre 7. J'avais cette phrase en moi : « Mon père est mort, mon père est mort, mon père est mort. » Je ne pouvais pas la garder. J'ai hésité puis je suis montée à l'étage de l'Amie. J'ai ouvert la porte de sa chambre sans faire de bruit. Elle ne dormait pas. J'ai dit la phrase : « Mon père est mort. » L'Amie a pleuré, tout de suite, moi je ne pleurais pas je crois, je ne sais plus, je ne m'en souviens plus, elle a tendu sa main, je l'ai prise et je suis restée immobile, combien de temps, je ne sais pas, un certain temps, une heure peut-être ou un peu moins ou un peu plus, puis j'ai senti un souffle glacé sur mon visage ou plutôt au-dessus de mon visage, au-dessus de mon crâne et c'est entré en moi, dans le reste de mon corps. J'avais si froid que j'ai sursauté. L'Amie m'a dit : « Tu t'es assoupie. Tu as parlé. C'était étrange. C'était toi et ce n'était pas toi. Ce n'était pas ta manière de parler ni ton intonation. Il y avait quelque chose d'autoritaire. Comme un ordre, oui, c'était un ordre. Tu as dit avec cette drôle de voix qui n'est pas ta voix, tu as dit : Ta mère, ta mère, ta mère. »

J'avais jusqu'à midi pour voir mon père, je me suis préparée très tôt (lui aussi on avait dû le préparer), j'ai encore attendu avant d'appeler A, j'avais encore peur de la nuit, je ne voulais pas la réveiller, pas comme ça, pas avec la phrase, même si je savais que ce seraient mes premiers mots, que la réalité était ainsi, que tout était vrai, que je devais l'accepter, l'annoncer ; quand l'aube est passée, j'ai appelé A, je lui ai dit, tout de suite, la phrase « Mon père est mort » et « Il est mort cette nuit, vers une heure du matin », A m'a demandé pourquoi je ne l'avais pas appelée, elle le regrettait, je lui ai répondu que j'avais attendu puis qu'il était très tard ensuite et que j'avais peur de la nuit. Elle m'a crue. Et elle a eu raison de me croire.

J'ai téléphoné au standard de Jeanne-Garnier pour m'assurer que je pouvais encore voir mon père dans sa chambre. J'avais peur de devoir me rendre « au salon mortuaire » (la morgue en fait), j'avais peur que ma mère ne se soit trompée ou d'avoir mal compris ; je culpabilisais, je crois, de ne pas m'être rendue tout de suite à son chevet, de ne pas avoir consolé ma mère, ma sœur, mais je ne pouvais pas, je ne pouvais plus bouger, j'ai pensé être lâche puis j'ai défait cette pensée de mon esprit, je savais ce que je désirais enfin, je désirais avoir le courage de rejoindre seule mon père mort. Et j'avais ce courage.

Il n'y avait aucun taxi de libre. J'avais peur d'arriver en retard en métro, et surtout, je ne pouvais pas me tenir dans la foule, je le savais, pas maintenant. J'ai couru, rue des Archives, la rue était vide, rien, arrivée rue de Rivoli, rien encore, je me suis dit que si mon père me regardait il me prenait soit pour une folle soit encore pour l'enfant perdue que j'étais parfois parce qu'elle n'était pas un garçon, un fils et qu'elle n'occupait ni la première place, ni même la seconde, mais la dernière, la place de la fille nulle qui avait eu peur de la nuit, qui ne conduisait pas et qui allait manquer ou gâcher la plus grande expérience de sa vie – faire ses adieux à son père. Il était tôt pourtant, mais pour moi il était tard, il n'était plus la nuit, j'avais trop attendu.

Un taxi a déposé son client devant l'Hôtel de Ville, j'ai traversé sans regarder, manquant me faire renverser. J'ai ouvert la portière côté conducteur, le chauffeur a dit « non, derrière madame », et nous sommes partis. Je n'étais ni le fils ni la fille, j'étais Madame.

Arrivée à Jeanne-Garnier. « Je viens voir mon père, décédé cette nuit. » Je n'employais jamais ce mot « décédé » d'habitude ; la femme de l'accueil m'a répondu : « Oui je sais. Je vous souhaite du courage. »

Il n'y avait personne à l'étage du Sacré-Cœur. Je me suis dirigée vers la chambre 119, on avait tiré le volet du hublot, une veilleuse jaune était allumée, elle m'a fait penser aux veilleuses que l'on allume pour prévenir de la présence du Saint-Esprit dans les églises.

Quand je suis entrée dans la chambre, un bruit a attiré mon attention, il était nouveau, je ne l'avais jamais entendu auparavant, je n'ai pas tout de suite compris d'où il provenait, j'ai cherché, on avait enclenché la climatisation située à l'angle de la salle de bains, je ne l'avais jamais remarqué non plus, un coffret dont les clapets vibraient en raison de la soufflerie que provoquait le moteur en marche.

Les fenêtres étaient grandes ouvertes mais je n'entendais ni le chant des oiseaux, ni le bruit des feuilles, des branches, des arbres.

Mon père portait son costume, sa chemise, sa cravate, « la tenue ». Je ne me suis pas assise. Je suis restée debout. Mon père est mort et il était mort.

Il avait retrouvé son visage, en plus jeune, quarante ans presque, ses cheveux étaient peignés, son teint clair, ses deux bras le long de son corps et non croisés sur sa poitrine.

Mon père est mort et il était mort.

Il ne souriait pas ou à peine, comme sur la photographie de la signature de la négociation de la libération des otages américains de Téhéran ; comme s'il était heureux et malheureux.

Je me suis approchée, j'ai pleuré comme une enfant. J'ai prié, un genou à terre.

J'ai fait le tour du lit, je cherchais le meilleur endroit, la meilleure posture pour lui dire que je l'aimais.

Je n'ai pas osé effleurer sa main ni lui donner un baiser. Il avait rejoint un état ou un pays interdit aux gestes des vivants.

La médecin-cheffe m'a présenté ses condoléances et m'a priée de les transmettre à « madame votre mère » qui m'avait demandé, par téléphone, de prendre l'acte de décès provisoire pour les démarches à venir.

La médecin-cheffe m'a indiqué que l'acte se trouvait au secrétariat, au rez-de-chaussée. Elle m'a ensuite donné des brochures, ils organisaient des réunions pour les familles ou des rendez-vous personnalisés parce que « après, vous verrez, ce sera difficile ».

En la quittant je lui ai demandé une dernière fois si mon père n'avait pas souffert.

Je suis descendue à la chapelle, deux cierges y brûlaient. Une femme, employée de Jeanne-Garnier, priait. J'ai pensé qu'elle priait peut-être pour mon père.

Je me suis rendue dans le jardin, me suis assise sous les arbres, je pleurais encore je crois et puis j'ai promis à mon père « d'être courageuse » comme il me l'avait demandé quand je lui téléphonais par-delà les océans pour lui dire qu'il me manquait et qu'il était mon seul ami.

J'ai trouvé dans le jardin une clé avec un cordon bleu et blanc. Je l'ai rapportée à l'accueil, on m'a remerciée, la clé appartenait à un soignant. Je me suis dit qu'elle ouvrait la petite porte du fond, celle qui transforme la réalité, qui change les larmes en perles, le vin en sang.

Quand la femme du secrétariat m'a donné l'acte provisoire, elle m'a dit : « Je vous connais. Vous êtes l'écrivain non ? »

Y était écrit : « Cause du décès : naturelle. »

Je suis sortie. Je devais appeler ma mère et la rejoindre dans une enseigne funéraire.

Je suis restée.

J'ai attendu.

Une main sur mon épaule, je me suis retournée, Georges. Il m'a serrée contre lui, j'ai pensé qu'il avait appris pour mon père, il pleurait : « Ma sœur est morte il y a dix minutes. »

Une femme l'attendait de l'autre côté de la rue.

Avant de nous séparer Georges m'a dit : « Je crois en une vie après la mort. »

J'avais rendez-vous rue du Faubourg-Saint-Jacques avec ma mère, un employé de Jeanne-Garnier lui avait conseillé de s'adresser à un service funéraire proche de son quartier ; j'ai marché vers elle, il me fallait « épuiser » l'image de mon père sur son lit de mort qui me hantait ; j'avais eu peur de toucher sa peau, de l'embrasser, de le déranger, mais cette peur, à l'exemple des poupées russes, était contenue par une peur plus grande : le préparateur avait redonné le visage de mon père à la quarantaine, hormis les cheveux blancs, je retrouvais le père de mes huit ans, celui qui se déguisait en cow-boy mexicain pour me faire rire, qui exigeait l'excellence, la première place et maudissait la médiocrité, qui nous offrait des vacances à la mer, à la montagne sans jamais nous y rejoindre sauf une fois quelques jours, gravissant en mocassins les chemins rocailleux de la Haute-Savoie, qui ne quittait jamais ses lunettes aux verres fumés pour cacher ce qu'il nommait « son œil transparent », victime d'une cataracte congénitale qui parfois le handicapait : « Je ne possède pas la notion de la géographie dans l'espace », « Une partie de mon cerveau n'a pas été irriguée », « Si j'avais eu deux yeux, j'aurais réalisé deux fois plus de choses », répétait-il ou inventait-il, complexé depuis qu'un étudiant l'avait affublé du surnom de « cyclope » pour se venger d'une déconvenue amoureuse, mon père lui ayant ravi sa fiancée.

Cette peur plus grande qui contenait ma peur de l'effleurer était celle du temps, de la marche du temps. Son corps qui, grâce à ses vêtements ou peut-être à une technique de « rembourrage », apparaissait beaucoup moins maigre que pendant son agonie, mon père avait retrouvé sa minceur, son poids normal, lui le svelte qui avait gardé ses cheveux noirs et bouclés longtemps ; cette peur du temps me concernait, le regardant, rajeuni, je devenais avec ma cinquantaine plus âgée que lui et par une torsion de la réalité, lui pourtant mort et moi vivante, j'avais cru être en présence d'un homme en pleine force de l'âge tandis que je sentais mes forces se disperser.

Aux Invalides, perdue encore comme je l'avais été si souvent pendant mes marches de Jeanne-Garnier vers mon quartier, je recevais un message de Talou, la mère de l'Amie : « Je suis auprès de vous, toujours, je sais votre peine immense et si je peux vous aider un tout petit peu, sachez que ceux qui partent, restent, à leur façon, à notre façon, leur lumière nous encercle », puis un appel de la mère d'A, toutes deux accompagnaient sans le savoir mon trajet vers ma mère, « des mères à la mienne », avais-je pensé, trajet que j'effectuais comme un automate, revenant sur mes pas quand je me trompais de rue, traversant toujours et encore sans regarder, me faisant klaxonner.

La mère d'A me confiait avoir perdu son père au même âge que le mien, nul jour ne s'était écoulé depuis douze ans sans qu'elle ne pense à celui dont le manque grandissait avec les années. Ses mots étaient égaux à ceux de mon père quand, encore vivant, il évoquait en pleurant la mort de son père. Le temps d'après n'arrangeait pas les « choses du chagrin », il les augmentait, expérience dont m'avait fait part l'Amie au sujet de celui qu'elle avait perdu trop jeune avec le sentiment étrange d'être « passée » sur l'âge de son père et de l'emporter avec elle dans un temps qu'il ne connaissait pas. Le manque accroissait la douleur, il n'y avait pas d'acceptation possible, pas d'habitude non plus, la mort était cet événement qui ne passe pas, je le croyais, je le sentais, l'entendais de ceux qui avaient avant moi enduré la perte, le deuil souvent impossible. Ils étaient nombreux et je craignais que mon cas ne ravive de mauvais souvenirs, l'appel de la mère d'A fut suivi par celui de son beau-père, lui aussi entourait ma tristesse, me conseillait parce qu'il savait ; seule ma mère gardait le silence au sujet de son père disparu deux ans en arrière, l'âge avancé de ce dernier, cent cinq ans, avait peut-être atténué sa tristesse qu'elle n'exprimait pas, ne montrait pas, en tous cas pas à moi qui l'avais accompagnée à Rennes au chevet de son père, puis à l'église, au cimetière, guettant ses larmes quand nous avions posé nos mains sur le cercueil en chêne clair avant qu'il ne soit descendu dans le caveau familial, larmes dont j'expliquais l'absence par l'une de ses répliques que je n'avais pas oubliée : « Il faut être en paix avec les morts avant leur mort. »

Je recevais un appel de ma sœur me décrivant sa nuit et me rassurant mais je n'avais pas besoin d'être rassurée : « J'ai tout fait comme il le fallait.

J'ai récité la sourate au Défunt à son oreille et celle de l'Aube que papa avait écrite dans ses dernières volontés. »

Je la remerciais et lui disais que je l'aimais.

Elle aussi m'aimait.

Le service des pompes funèbres jouxtait l'hôpital Cochin, qu'avait par le passé « fréquenté » mon père. Je voyais une forme de cynisme dans la proximité des deux lieux, omettant le côté pratique, logique qui répondait à l'équation suivante : grande maladie = mort.

Ma mère portait un pantalon noir, un chemisier blanc, une veste trois quarts, un foulard à pois, de petites chaussures vernies, élégante comme elle l'était toujours mais je ne pouvais m'empêcher de penser, le cœur serré, qu'elle portait elle aussi « sa tenue », celle d'une veuve, de l'amoureuse sans l'amoureux (ma carte préférée au jeu du Tarot).

À peine entrées dans l'enseigne funéraire nous étions priées de prendre rendez-vous, puis, peut-être peinée par nos mines, l'employée dont la peau portait la pâleur de la mort, ses longs cheveux trop foncés rappelant ceux d'une sorcière, nous a demandé de patienter, elle réglait un dossier avec deux « clients ». Patienter pour rien puisqu'elle nous conseilla ensuite d'entrer en contact avec un service proche de la morgue de Jeanne-Garnier, contact qu'elle prit par téléphone pour nous qui devions l'émouvoir, malgré l'habitude de son métier.

Boulevard du Port-Royal, ma mère voulait me faire découvrir les galettes aux épinards et à la feta d'un marchand libanais ; je la regardais ensuite choisir des cerises et une laitue, tâche qui incombait avant à mon père.

Sur le chemin de l'appartement elle m'avait demandé : « Tu l'as trouvé comment ? Il est élégant, n'est-ce pas ? Le jeune homme qui s'est occupé de lui m'a dit – Il est beau votre mari. »

Je n'étais pas revenue chez mes parents depuis Jeanne-Garnier, je craignais de découvrir le lieu amputé de la présence de mon père. Je n'osais pas me rendre dans la chambre à coucher qu'il occupait seul depuis plusieurs mois par commodité.

L'odeur de son parfum avait disparu de l'appartement. Ma mère avait disposé contre un petit cadre qui contenait sa photographie une rose rose.

Sur la table de la salle à manger divers objets qui avaient appartenu à mon père se mélangeaient aux documents administratifs, après la mort physique existait une mort sociale qu'il fallait annoncer, prouver.

Je reconnaissais son écriture appliquée à l'intérieur d'une multitude de petits carnets, des agendas, des répertoires téléphoniques, parcourant les noms, prénoms et numéros de ses connaissances avec le sentiment de fouiller dans son intimité.

Découvrant une collection de photomatons destinés aux papiers d'identité de mon père, les images prises à cinq ou dix ans d'intervalle racontaient l'histoire de son visage, j'imaginais un montage pour retracer le travail du temps et le constat, quand l'on ne s'y attendait pas, de la vieillesse.

Ma mère me proposait d'en prendre quelques-unes et si je le souhaitais puisqu'elle devait s'en défaire, sa douleur était trop grande pour les garder, de choisir parmi les vêtements quelque chose qui me ferait plaisir.

Je me souvenais d'un blazer que j'avais offert à mon père avec les droits d'auteur de mon premier roman, il n'avait cessé de le porter, racontant une anecdote qui l'avait émue – à la caisse le vendeur s'était étonné que la jeune fille que j'étais puisse offrir à son père un cadeau aussi cher et avait joint ma banque par téléphone pour s'assurer que je n'avais pas signé un chèque sans provision.

La veste était trop grande, je relevais son col, retroussais ses manches et plongeais mes mains dans les poches pour saisir les mains de mon père qui avaient fini, à force, par percer la doublure de soie.

Je choisissais l'une de ses montres, petite, rectangulaire avec un bracelet en croco et des chiffres romains que ma mère lui avait offerte à Zurich au début des années 80. Elle ne marchait plus depuis longtemps mais représentait à mes yeux ce qui pourrait le plus me raccorder à mon père ou désormais au souvenir de mon père, l'ajustant à mon poignet droit avant de quitter l'appartement.

Dans la rue je téléphonais à A pour lui annoncer que j'allais prendre un billet de train, elle me manquait. Je pensais à sa nuque, au grain de sa peau, à ses épaules, à son ventre contre mon ventre. Je ne savais pas si le désir pouvait s'entendre avec la mort, s'il était possible de le vivre, de le faire exister, d'être libre et d'accepter qu'il entête, envahisse et qu'il chevauche les jours de peine, qu'il les abrège ou les fasse oublier le temps de sa force et de sa satisfaction.

J'empruntais la rue Monge pour regagner mon quartier, cherchant la brasserie Le Mirbel où mon père avait ses habitudes de jeu, il misait de petites sommes, « un rien » qui était assez grand car pendant quelques minutes il « le faisait rêver ». Je sentais la montre tourner autour de mon poignet. Son cadran figé indiquait treize heures ou une heure du matin.

CET OUVRAGE A ÉTÉ COMPOSÉ PAR PCA
ET ACHEVÉ D'IMPRIMER SUR ROTO-PAGE
PAR L'IMPRIMERIE FLOCH À MAYENNE
POUR LE COMPTE DES ÉDITIONS J.-C. LATTÈS
17, RUE JACOB – 75006 PARIS
EN JANVIER 2024

PAPIER À BASE DE
FIBRES CERTIFIÉES

N° d'édition : 4055050/03 – N° d'impression : 104079
Dépôt légal : janvier 2024
Imprimé en France